女皇陛下の見た夢は

李唐帝国秘話

貴嶋 啓

white heart

講談社X文庫

目次

イラストレーション／宵マチ

女皇陛下の見た夢は　李唐帝国秘話

後漢《ごかん》時代、市場の役人である男が、薬を売る老翁が店頭《みせさき》の軒下に掛けた壺に入るのを、楼上から見た。男が老人に頼んで壺中《こちゅう》に入ったところ、そこには宮殿楼閣が建ち並び美酒佳肴《かこう》に溢《あふ》れた別天地が広がっていたという――。

『後漢書』方術列伝より

序

春節を間近に控えた年の瀬のこと、宮城である太初宮《たいしょきゅう》に駆けつけた李隆基《りりゅうき》は、その言葉に耳を疑った。

「そんなことで俺を呼びつけたんですか？　たかが猫が一匹いなくなっただけで⁉　火急の事態というから、俺は取る物もとりあえず来たんですが」

「猫一匹と侮るか、隆基よ⁉」

跪《ひざまず》いたまま頓狂《とんきょう》な声を上げた隆基に、叔母である太平公主《たいへいこうしゅ》は輿《こし》に乗ったまま柳眉《りゅうび》をひそめる。そして頭上に広がる鈍色《にびいろ》の空にも負けないくらい寒々しい眼差《まなざ》しで、不機嫌そうに甥《おい》を見下ろした。

涼やかな切れ長の瞳《ひとみ》に、ふっくらとした頰《ほお》——母親である女皇によく似ているといわれる太平公主は、相変わらず若々しく美しい。

臙脂《えんじ》色の裙裳《くんも》に金糸を織り込んだ同系色の羅の襦衣《じゅい》を合わせ、紫紺の披帛《ひはく》を露わになった肩から腕にまとわせている艶冶《えんや》な様は、四十路《よそじ》を過ぎ、幾人もの子供がいる女性とはとても思えない。

「あれは、妾《わらわ》の屋敷から一歩も外に出たことのない箱入り娘であるぞ⁉　慣れない外の世界で、怪我《けが》でもしたらなんとする！」

「だったらなおさら、どうしてこんなところに連れてきたんですか……」

叔母の物言いに、隆基は痛む頭を押さえた。すると叔母はさらに平然と言ってのける。

「妾は猫がおらねば生きていけぬ身だからじゃ」

「……叔母上が猫好きなのは、知っていますけどね」

昔からこの叔母は、母である女皇に似た明晰《めいせき》な頭脳とはうらはらに、無邪気でどこか子供のようなところのある人だった。隆基は言い含めるように、そう前置きして告げた。

「叔母上と違って、女皇陛下は大の猫嫌いです。宮城への猫の持ち込みが固く禁じられていることくらい、叔母上だってご存知でしょう？　だいたい今日は、女皇陛下の見舞いのために、迎仙宮《げいせんきゅう》に参じる予定だったのでは？」

甥の突っ込みを受けた太平公主は、物憂げに視線を落とした。すると高々と結い上げた髪に挿した金の簪《かんざし》が、しゃらりと音を立てて揺れる。

「そう妾を責めるでない、隆基よ。妾はただ、いたいけな仔《こ》に、外の世界を見せてやろうと思っただけなのじゃ。もちろん籠《かご》に入れておったし、迎仙宮には連れていかずに輿で留守居させるつもりじゃった。じゃが門前払いを受けて戻ってきたら、あのいたずら娘はもう姿を消しておってな……」

「――叔母上でも、女皇陛下にお会いすることは叶《かな》いませんでしたか」

猫のことは脇《わき》に置き、隆基は叔母の返答にため息をこぼした。

「君寵《くんちょう》である張《ちょう》兄弟が、自分たちの息のかかった女官や宦官《かんがん》で殿内を固めているとは聞いていましたが、女皇陛下の容体がますます悪化しているらしいという噂《うわさ》は、本当かもしれませんね」

そんな噂が宮中に流布《るふ》しているのは、女皇が迎仙宮に籠《こ》もり、ここ数日まったく朝議に臨席していないからだ。

そもそも女皇はすでに八十歳を越え、いつ寿命を迎えてもおかしくはない老女だ。しかし容体を確認しようにも、女皇が日常生活を送る迎仙宮は、男子禁制が原則の宮殿である。その奥にある寝殿――長生殿《ちょうせいでん》で臥《ふ》せっている女皇に拝謁することは、朝臣《ちょうしん》たちはおろか、彼女の息子たちにとっても容易ではない。

そこで女皇の愛娘《まなむすめ》である太平公主が、迎仙宮に参じて、病状を探ってくるはずだったのだ。女皇は、おのれの皇位を脅かしかねない息子たちに対するのとは違い、唯一の娘である太平公主のことだけは信頼し、常に側《そば》に置いてきたからだ。

「うむ。考えたくはないが、兄上たちだけでなく妾まで母皇にお会いできないとなると、もはや……」

あたりを憚《はばか》ったのだろう。太平公主は言葉を濁したが、隆基には叔母の言わんとすることが理解できた。

(女皇はもう、意識がないのかもしれないな……。いや、すでに長生殿のなかで息絶えている可能性だってある)

夫亡き後、皇太后の地位に留まるだけでは満足できず、ふたりの息子を退けてみずから皇帝としてこの国に君臨した女傑も、老いには勝てなかったということか。

隆基がそう考えていると、太平公主が沈痛な面持ちで瞳を伏せた。

「いずれにしても妾を母皇に会わせぬなど、張兄弟の奴《やつ》らめ……」

張易之《えきし》と、張昌宗《しょうそう》――。

二張とも呼ばれる彼ら兄弟は、女皇陛下の寵臣《ちょうしん》といえば聞こえはいいが、実際は閨《ねや》に侍《はべ》る男寵である。

そのため彼らは、男子禁制の迎仙宮にも特別に出入りが許されている。彼らはその特権を利用し、女皇が病床に臥せるようになって以降、ほしいままに政令を処理するようになっていた。

そもそも彼らは、君寵を笠に着た振る舞いを繰り返し、収賄を行ったり、民の田畑を取り上げたりなどの専横が、以前からはなはだしかった。そのうえ自分たちにへつらわない者には誣告《ぶこく》を行い、これまでに多くの者を無実の罪に陥れてきた。朝臣たちが彼らを蛇蝎《だかつ》のごとく嫌っているのは、そのせいである。

「たしかに女皇陛下は、秋ごろから体調を崩しがちでいらっしゃいましたが……。先日回復なさったと朝議に出ておいでしたので、こんなにもすぐに容体が急変されるとは正直思っていませんでしたよ」

そのときも、張兄弟は老齢の女皇の命を危ぶんだのだろう。今と同じように迎仙宮を閉ざして党類と頻繁に連絡を取り合ったため、謀反の噂が立ったのだ。

それを受けて、御史中丞《ぎょしちゅうじょう》の宋璟《そうえい》を中心に朝臣たちが、彼らを弾劾《だんがい》するよう上奏する騒ぎとなった。しかし久しぶりに朝堂《ちょうどう》である通天宮《つうてんきゅう》に姿を現した女皇は彼らに特赦を与えてしまい、それが今回さらに事態の悪化を招いている。

「……母皇のことは心配じゃが、今は猫のことじゃ。もし妾が宮城内で猫を逃がしたと張兄弟に知られれば、大変なことになるじゃろうからな」

宮城への猫の持ち入れを固く禁じる女皇の命に背いたとなれば、いかな太平公主とて厳罰に処されるやもしれない。

それを免れるためには、密《ひそ》かにいなくなった猫を見つけ出すしかない。

「わかりましたよ」

馬鹿馬鹿《ばかばか》しいと思いながらも隆基は、結局幼いころから可愛《かわい》がってくれたこの叔母には頭が上がらない。

諦《あきら》めてうなずくと、侍衛《じえい》を連れて輿から離れ、猫の捜索にかかる。

「とはいっても、宮城内は広いからなあ。猫一匹捜すのなんて、大海に落ちた針を探すようなもんだよな。それに、もし宮墻《きゅうしょう》を越えて迎仙宮に入っていたら、立ち入れない以上、打つ手はないぞ」

さてどうするか。風に揺れる落ち葉を蹴《け》りながら思案していると、案の定、駆け寄ってきた侍衛から猫が見つからないという報告を受ける。

「お隠れ遊ばした御猫《おんねこ》は、いまだ御影《みかげ》さえもつかめませぬ！」

公主の猫のため、過大な敬語で話される慇懃《いんぎん》さに思わず吹き出しそうになるが、侍衛は大真面目《おおまじめ》である。

しかし猫が見つからないのは、本当にまずい。

「まいったな」

隆基が頭を掻《か》いてそう嘆息したときだった。

「って――」

こつん、となにかが後頭部にあたった。どんぐりでも落ちてきたのかと、隆基は反射的に振り返る。

しかし背後には、堅果を実らせるような大木はなかった。代わりに彼の視界に映り込んだのは――。

「腕――？」

見間違いかと目を凝らしたが、そこに見えていたのは、たしかに人の腕だった。肘《ひじ》から先だけが灰色の空を背景に浮かび、それがなにかを求めるように空《くう》を掻く。

奇怪な光景に隆基は、とっさに手を伸ばしてその腕をつかんだ。細い女のものだと思う間もなく、思いきり引っ張る。そのとたん――。

「あっ！」

高い声が聞こえた。そしてふっと視界が翳《かげ》ったかと思うと、それまでなにもなかった空から、女が降ってきた。

「なっ――」

なにが起こったのか理解する余裕もなく、その身体《からだ》をまともに受け止めることになった隆基は、頬に衝撃を受けてうめいたのだった。

迎仙宮の壺

（どうしてこんなことになったんだろう……）

詠月《えいげつ》は貴人の前に膝《ひざ》をつきながら、どうしたものかと、この場を切り抜ける方法を必死に考えた。

先ほどまで自分は、迎仙宮《げいせんきゅう》にいたはずだ。武周帝国《ぶしゅうていこく》の都である神都《しんと》の宮城——太初宮《たいしょきゅう》のなかでも、女皇が日常生活を営むその宮殿の片隅にある物置部屋で、壺に満たした水に様々な景色を映して楽しんでいた。

なのに今いるのは、どんよりとした鈍色《にびいろ》の空の下だ。春節を間近に控えた寒空に放り出されたというのに、羽織るものひとつ手にしていないため、吹きつける風が冷たくてならない。

「おまえ、何者だ?」

突然空から降ってきた詠月をそう誰何《すいか》するのは、若い男だった。着ている袍《ほう》などから、すぐに皇族であることがわかる。

（たしかこの人は……臨淄郡王《りんしぐんおう》？）

詠月は宮中に上がるときに叩《たた》き込まれた皇族の相関図と、これまで壺で覗《のぞ》いたことのある人物の記憶を突き合わせ、彼の名前に思い当たる。

臨淄郡王——李隆基《りりゅうき》。

（たしか、女皇陛下の四男にあたる相王《しょうおう》の息子だったはずよね）

ちなみに相王は、母である女皇に禅譲し、李唐帝国《りとうていこく》の最後の皇帝となった皇族である。

相手に関する情報を脳裏で確認しながら、その顔をそっと窺い見る。

落ちてきた詠月の下敷きになったらしい隆基は、すこぶる機嫌が悪そうだった。彼女の布靴があたったのか、右の頬《ほお》が少し赤くなっているのを考えれば、それも無理からぬことである。

「迎仙宮の宮女にございます。ご無礼のほど、なにとぞご容赦を」

皇族を蹴《け》ったとなれば、杖刑《じょうけい》で済めば御の字。下手をすれば死罪である。寛恕《かんじょ》を乞《こ》いながら詠月は、場所を確認しようと周囲の様子に注意深く視線を走らせた。宦官《かんがん》でもない男性がいるということは、迎仙宮の外にいるはずだからだ。

（ここは……宮城の西側のあたり？　つまり、覗いていたところに出てしまったっていうこと……？）

詠月の頭は真っ白になった。これまでも壺を通していろいろ見てきたが、こんなことは一度としてなかったのに――。

「迎仙宮の宮女だって？　女皇陛下の寝宮に仕える者が、どうしてこんなところにいる？　そもそも、おまえはなぜ空から降ってきた？」

「その、木に登っていたら、落ちてしまいまして――」

「嘘《うそ》をつくな」

どうにかして言い逃れようとする詠月の口を、隆基はぴしゃりと封じた。

「人が登れるほどの大木なんて、この周囲にはないじゃないか。どんな方術を使ったのか、正直に言え」

「方術などと……」

「いいや。俺はおまえが空から落ちてくるのを、たしかにこの眼《め》で見たんだ。あれが方術でないとしたら、なんだと言う？　風を操り一時に二百里は行けるという御風《ぎょふう》術か？　それとも千里の彼方《かなた》さえ眼前に縮めるという縮地《しゅくち》術か？　正直に吐け」

しつこく詰め寄ってくる隆基に、詠月は観念した。どうやらこの男は、だいぶ方術に詳しいようである。

女皇が武周帝国を建てる前の李唐帝国では、宗室である李氏は老子――李耳《りじ》と同姓だったことから、道教を厚く遇していた。数多くの道士が召し抱えられていたはずで、臨淄郡王である彼も、そのあたりから知識を得ているのかもしれない。

「……よくはわかりませんが、壺中《こちゅう》術と言うらしいです」

「壺中術だって……？」

「壺に水を張ると、見たいと思った景色を映すことができるのです。それで、いろいろ見ていたら、誤って落ちてしまったというか……」

本当は、太平公主《たいへいこうしゅ》の輿《こし》を覗いていたのだ。女皇の愛娘《まなむすめ》がひっそりと人目を避けるように輿を停めていることに、のぞき見根性が刺激されたのである。

しかしそう正直に答えるわけにもいかず、詠月の声は尻《しり》すぼみになっていく。

（急に髪留めが取れるからいけないのよ……）

拾おうとして壺に手を入れたとたん、どういうわけか映していた場所とつながってしまったらしい。

まさか自分にこのような芸当ができるとは思ってもいなかった。

気がつけば、水を張った壺のなかに入ったというのに、詠月の身体《からだ》は指先以外まったく濡《ぬ》れていない。

「壺中術──。昔、宮中にもそのような術を使う道士がいたと聞いたことがあるが……」

そうつぶやいた隆基に驚き、詠月は顔を上げた。

これまで詠月は、術のことを人にもらせば、馬鹿《ばか》なことをと面罵《めんば》されると思っていた。

しかし彼は思案するように黙っただけで、彼女の言葉を疑っている様子はない。

「おまえ、まさか……」

ふいに隆基は、眉《まゆ》をひそめたまま詠月の正面に膝をつき、至近距離から彼女をじっと見つめてくる。

その力強い眼差《まなざ》しと太くて真っすぐな眉からは、彼の一本気な性格がうかがえた。権力者の顔色をうかがわなければ生きていけない宮中では、あまり見ない類《たぐ》いの顔つきだ。

そう考えていると、思いきり両頬を引っ張られた。

「痛い！　痛いです！」

さすがに悲鳴を上げたとたん、隆基はぱっと手を離した。

「剝《は》がれないな。ということは、本当に宮女か」

どういう意味だと、詠月は思った。表情でそれを覚《さと》ったのだろう、臨淄郡王が言う。

「歳取《とし》った道士が化けているかと思ったんだが、違うんだな」

弱りはてた詠月は、所属を示す木札を差し出して言った。

「私は、間違いなく迎仙宮の宮女です。公主様の輿を覗いていたのは……ただの趣味です」

正直に白状すると、隆基は一瞬鼻白んだようだった。しかし間者と間違われて斬首《ざんしゅ》になるよりはましだろう。

「趣味……のぞきが？」

「そうです！」

やけくそになって力いっぱい肯定した詠月は、ここに至る事の次第を、かいつまんで彼に話しだしたのだった。

＊

「ねえ、いよいよ危ないらしいわよ」

詠月に、宮女仲間である柚鈴《ゆうりん》がひそひそと声をかけてきたのは、その日の巳《み》の刻あたりのことだった。

「危ないって、なにが？」

詠月が壺部屋と呼ぶそこは、迎仙宮のなかでも陶磁器を保管するための物置部屋である。壺を磨く作業に没頭していた詠月は、手を休めることなく訊《たず》ねた。

壺といってもそれは、女性として平均的な体格をしている詠月が両手で抱えるほどの大きさの広口壺である。

傷つけないよう手入れをするのは一苦労で、わずかたりとも気が抜けない。簡単に埃《ほこり》を払ってから、艶《つや》がでるように濡らした布で丁寧に拭《ぬぐ》うと、名工が施した釉薬《ゆうやく》の艶《つや》やかな輝きがよみがえっていく。

「やっぱり、この焼きしまった白磁の、透き通るような白は最高ね」

自分の仕事ぶりに満足しながら惚《ほ》れ惚《ぼ》れとつぶやくと、柚鈴が眉を吊《つ》り上《あ》げた。

「ちょっと、詠月。聞いているの？」

「聞いてるけど、仕方がないでしょ？　新年にあわせて、宮中で飾られている陶磁器を一新するっていうんだから。忙しいのよ」

新しい年には、神龍《しんりゅう》という元号に変わり、広く恩赦が行われるという。宮殿内に飾られる陶磁器を選ぶのは位の高い女官たちで、もちろん詠月ではないけれど、目ぼしいものは今日中にすべて綺麗《きれい》にしてしまいたい。

「で？　なんだっけ？」

「だから、女皇陛下よ！」

察しの悪い詠月にじれたように、柚鈴は声を荒らげる。しかしはっと口元を押さえると、彼女はきょろきょろとあたりを見まわした。

「心配しなくても、この壺部屋に人が来ることなんてめったにないわよ」

詠月の言葉どおり室内や戸口に誰もいないことを確認すると、柚鈴は安堵《あんど》の表情を浮かべて、ふたたび彼女に顔を近づけてくる。

「女皇陛下のご病気が、ますます篤《あつ》いらしいのよ。ねえ、もしこのままご崩御なんてことになったら、どうなるのかしら」

崩御——？

思いがけない柚鈴の言葉に、詠月はようやく壺口を乾拭《からぶ》きする手を止めた。

高齢の女皇は、たしかに秋ごろから病床に臥《ふ》せっていた。しかし先日回復して、朝議に臨席するようになったと聞いていたのに——。

「どうなるって……たとえそうなったとしても、私たちにはどうもこうもあるわけないじゃない」

顔を上げた詠月は、不安そうな表情を浮かべる柚鈴に言った。そして壺の手入れに夢中で、いつの間にか冷たくなっていた手に息を吐きかける。彼女がひとり籠《こ》もるだけのこの部屋では、炭を使う許可は下りていない。そのため気がつけば、身体がすっかり冷えてしまっている。

「私たちは、女皇陛下が暮らす迎仙宮に配属されているとはいっても、側《そば》でお仕えする女官っていうわけじゃないんだから」

詠月も柚鈴も、宮殿内の掃除をしたり、調度などを管理したりする尚寝《しょうしん》局のなかでも、下っ端の宮女にすぎない。

君主の崩御となれば一大事であることは理解できるが、古代の帝王に仕えた宮女たちのように墓守として殉死を命じられるわけでもなし、柚鈴がとくに不安になる必要はないだろう。せいぜい葬礼などの際に、それに応じた仕事が増えるだけだ。

「それに、めったなことを口にするもんじゃないって、いつも私に怒るのは柚鈴じゃない。女皇が崩御だなんて言っているのを内侍《ないじ》の宦官たちにでも聞かれたら、これなんじゃないの？」

詠月が、いつも柚鈴にされているように首を斬《き》られる手振りをすると、彼女は口ごもった。

「だって……！　そんなことになったら、わたしたちはどうなるのよ⁉　宮女は代替わりとともに、寺観に遣《や》られてしまうんでしょう？　尼僧になんてされたら、額に刺青《いれずみ》を入れられてしまうじゃない！」

「道観なら、その心配はないでしょ。ていうか、そもそもそんなのは、側仕えの上級女官たちだけよ。私たちみたいな底辺の宮奴《きゅうど》は、死ぬまで宮城から出してもらえるわけないじゃない」

「そうかもしれないけれど……」

詠月は笑って手を振るが、それでも柚鈴は安心できないらしい。

「それに、お妃《きさき》が存在しない当代の場合は、そんな慣習だってどうなるかわからないじゃない。なにせ今の聖神《せいしん》皇帝は、中原《ちゅうげん》に王朝が興って以降、はじめて登位《とうい》した女皇陛下だっていうんだから」

そうでなくても、皇帝の妃候補として宮中に上がる秀女《しゅうじょ》ならばともかく、下働きをするために集められた宮女というものは、売られてきた奴隷も同様の存在だ。たいていは男子禁制の場所で一生結婚もできずに、上位者のいいようにこき使われ続ける宿命である。

「私たち宮女にとっては、寺なり道観なりに入れてもらったほうが、まだましなんじゃない？　だって皇帝が女性である以上、たった一度のお手付きだって夢見ることができないんだから」

詠月は、ほかの宮女たちがたびたびぼやく言葉を、そのまま口にしたにすぎない。しかし上昇志向の強い柚鈴は、彼女たちのようには考えないらしい。

「もう！　詠月は夢がないんだから！　わたしは嫌よ。このまま若い身空で出家させられるのも、ここで身を朽ちさせられるのも！」

いつか、皇帝とはいかなくても貴人に見初《みそ》められて、豊かな暮らしを送れるようになりたい――。

以前彼女がそんなふうに言っていたのを聞いたことがあるが、今も本気でそう願っているらしい。額の刺青を恐れるのも、そのためのようだ。

とはいえ、詠月と同部屋の宮女であっても、彼女はもともと家柄のよい娘だ。たしか伯父が工部《こうぶ》の役人をしていて、なにかの仕事の責任を取らされて死罪になったという。柚鈴はその罪の連座で宮奴として迎仙宮へ入れられたらしい。そのため教養もあり、多くの宮女たちと違って読み書きもできる。

「見てなさいよ。わたしは、いつまでもこんなところにいるような女じゃないんだから！」

そんな柚鈴には、詠月の冷めた反応が物足りなかったのだろう。怒ったように立ち上がると、扉を乱暴に閉めて行ってしまう。

やれやれと思いながらそれを見送り、詠月はこれで手入れに集中できると壺を抱え直す。

「慣れればここでの暮らしも、そんなに悪くないと思うけどね」

ひとりつぶやいた詠月は、柚鈴と違って今の生活を不満に思ったことはなかった。

身よりのない女が、ひとりで生きていくのは難しい世の中だ。しかしこの迎仙宮にいさえすれば、少なくとも食べるものにも着るものにも困ることはない。なによりここは、上等な陶磁器にあふれている。

（越州窯《えっしゅうよう》の青磁に、邢州窯《けいしゅうよう》の白磁、それに瓦渣坪窯《がさへいよう》の黄釉陶《おうゆうとう》……）

手入れのために木箱から出された壺たちのひとつひとつを、詠月はうっとりと眺めた。

そしてそれぞれ個性的な首から肩、胴、腰へと続くなだらかな曲線を、目で撫《な》でるようにたどる。

とくに陶器に比べて薄くて軽い磁器は、まだまだ庶民には手の届かない高価なものだ。

これだけの名品を目にできる場所なんて、ほかにはないだろう。

（まあ、上の女官たちから、八つ当たりされることもないわけじゃないけどね）

閉鎖的な宮殿内では、自分より身分の低い宮奴を鬱憤《うっぷん》の捌《は》け口《ぐち》にする者がいないわけではない。けれど、何事も上役次第というのはどこの世界でも同じだ。

それに尚寝局の長である孫尚寝《そんしょうしん》は、話のわかる人だと詠月は思う。

本来ならば、宮殿内の清掃や調度の管理、園林の手入れなど、尚寝局の宮女が務めなければならない仕事は多岐にわたる。

しかし孫尚寝は詠月の壺への異常な執着を見て取ると、さらに陶磁器の手入れに従事するよう、彼女に言いつけてくれた。

詠月が壺部屋と呼ぶこの物置に閉じ込められ、出世の機会に恵まれない地味な作業を好む宮女はそうそういない。それに加えて、飾られている壺を見るたびに手を止め仕事が進まない詠月に、彼女が呆《あき》れた結果の差配ではある。

しかしその過程は、詠月にはどうでもいいことだ。何事にも適材適所。それをわかっている孫尚寝は尊敬するに値する人物であり、そもそも下々の宮奴まで気にかけてくれる女官なんて、そういるものではない。

(それに、楽しもうと思ったら、それなりに楽しめるし)

そう口元をほころばせながら詠月は、たった今手入れの終わったばかりの壺に、ゆっくりと水を注いでいく。

通常、最下層の宮奴に許されている娯楽といえば、食事くらいのものだ。ごくたまに供される菓子を悦《よろこ》ばない女などいないだろう。あとは女皇が開いた宴《うたげ》で奏でられる雅楽が、時折耳に届くことくらいだろうか。博打《ばくち》を打つこともできるが、下っ端の宮女の給金などたかが知れているので、派手に遊ぶなんてことはまず無理である。

しかし詠月は違う。彼女には、どんな場所でも楽しみを見つけられる特技があった。

揺れた水面が静かになるのをじっと待ってから、詠月は壺中を覗き込む。するとそこに見えたのは、二十歳を越えているはずのわりには幼さの残る彼女の、頬に浮かぶそばかすでもなければ、嫌いな広い額でも、角張った頤《おとがい》でもなかった。もちろん、汚れて染みの浮きでた壺部屋の天井でもない。

映し出されているのは、紅《あか》い毛氈《もうせん》が敷かれた薄暗い部屋だった。

金箔《きんぱく》が施された龍が絡みつく丹塗《にぬ》りの柱に、天蓋《てんがい》から幾重にも色絹が垂らされた大きな牀《しょう》。そのかたわらには精緻《せいち》な彫刻の施された衝立《ついたて》や螺鈿《らでん》細工の厨子《ずし》があり、腰ほどの高さの飾り棚には、菓子が高く盛られた高坏《たかつき》が置かれていた。

この世のものとも思えない絢爛《けんらん》な室内——それはこの迎仙宮の、いやこの武周帝国の主《あるじ》である、女皇陛下の寝房だった。

『ほうれ。壺に水を張って、その水面に見たい景色が現れるよう念じてごらん』

そう言って詠月にこの技を教えてくれたのは、彼女の養い親であった道士である。

〝親〟と言うには歳を取りすぎていた彼だが、壺に並々ならぬ愛着を持っている詠月を笑って受け止め、この方術を授けてくれた。たんに面白がったのか、それとも外に出られぬ養い子を哀れと思ったのかは、わからないけれど。

この壺中術のおかげで詠月は、幾重にも壁を巡らせた迎仙宮の片隅に閉じ籠もっていても、華々しくも荘厳な宮中の様子も、城下の喧騒《けんそう》も、望むものをいつでも見ることができた。

とはいえ、この日真っ先に女皇の居室を映してしまったのは、やはり先ほどの柚鈴の話が気になってしまっているからだろうか。

秋ごろから体調を崩しがちの女皇だが、真っ昼間から窓の帳《とばり》がすべて下ろされていると ころを見ると、柚鈴の言うとおり病状は篤いようだ。

(関係ないと思っても、心のなかではそんなに簡単に割り切れてなかったってことかしらね)

宮中に上がったばかりのときは、いつか女皇の寝殿である長生殿《ちょうせいでん》に仕え、通りがかりでもその竜顔を直接拝してみたいと思ったことがないわけではない。

しかし自身が皇位に就くために親族をことごとく死に追いやってきた女皇の噂話《うわさばなし》を耳にするにつけ、会ってみたいという詠月の気持ちは萎《な》えていった。面と向かって見《まみ》えれば、心身ともに容赦なく切り刻まれてしまいそうな気がして——。

しかし、もう長くはないかもしれないと聞いて、やはり未練が出たのだろうか。

自嘲《じちょう》して詠月は、意識を隣室に向けた。とりあえず侍医の姿が見えない以上、危篤でないことは確認できたし、今は天蓋のなかまで覗く気にはならない。

すると寝房の隣の部屋には、三人の男女が映し出された。詠月は彼らの会話を聞こうと、じっと耳を澄ます。

「婕妤《しょうよ》殿！　女皇陛下は、今日もお目を覚まされないのか⁉　眠りにつかれてから、もう五日ではないか」

そう慌てた様子で声を荒らげているのは、女性のように肌を白くし、玉をちりばめた錦《きん》繡《しゅう》の衣をまとった若い男だった。

これまで幾度となく長生殿を壺中に映し出してきた詠月は、彼がどういう人か、よく知っている。

女皇の男寵《だんちょう》である張昌宗《ちょうしょうそう》だ。必要以上に飾り立てたその姿は、まるで道化のように詠月には見える。よくて大衆演劇の役者といったところだろうか。

（取り巻きたちには、蓮《はす》の花にたとえられるほどの美貌《びぼう》、ってもてはやされているらしいけど、少なくとも私の好みじゃないわね）

そう冷めた目で見ていると、どうやら彼は、女皇がいよいよ危ないという状況に相当慌てているようだ。

「お声が大きゅうございますよ」

そして昌宗に婕妤と呼ばれ、彼をそうたしなめたのは、上官婉児《じょうかんえんじ》という女ざかりの女官だった。

すべての詔勅に関《かか》わり女皇を補佐する彼女は、君主の意思を百官に伝えるために大きな権限を与えられているという。朝官のなかには、女だてらに国家の大事に関わる彼女のことを、巾幗宰相《きんかくさいしょう》と揶揄《やゆ》する者さえいるようだ。

ちなみに婕妤とは、通常であれば後宮における妃嬪《ひひん》の位のひとつであるが、皇帝が女生である今は妃の称号ではなく、たんに女官としての地位を示している。

詠月たちのような最下層の奴婢《ぬひ》から、女皇の側近である婕妤にまで出世した彼女のことを、宮中で知らない者はいないだろう。三十歳はとうに過ぎているらしいが、実のところは年齢不詳の彼女は、その美しさでも宮女たちの憧《あこが》れの的だった。

彼女のように、胸まで引きあげた裙裳《くんも》に、透けそうなほどに薄い絹の襦衣《じゅい》を羽織り、そして大きく開けた衿元《えりもと》から玉のような肌を惜しげもなくさらすのが、昨今の流行《はや》りらしい。

(真冬にあんな服を着て、寒くないのかしらね)

そう思ってしまう詠月には理解できないが、柚鈴などに言わせると、より美しく見せるための努力は惜しむものではないらしい。それどころか宮女のなかには、罪人の証《あかし》である彼女の額の刺青をすっかり真似《まね》た花鈿《かでん》を眉間《みけん》に描く者さえいるという。

そして昌宗と上官婕妤の狭間《はざま》で口数少なく立っているのは、張易之《えきし》といって、昌宗の兄である。つまり兄弟そろって女皇の男寵を務めているというわけだが、弟のように着飾っていても、あまり目立たない存在だ。よほど無口なようで、この男が話すところを、詠月はほとんど見かけたことがなかった。

「そんな悠長なことを言っていられるか！　先日だって御史中丞《ぎょしちゅうじょう》の宋璟《そうえい》が、私を断罪しようと上奏したばかりだというのに！」

宋璟といえば、たしか張兄弟を弾劾する急先鋒《きゅうせんぽう》として知られる男だ。真っすぐな気性で、四十歳を過ぎてもなお血気盛んな彼の顔を思い出し、詠月は苦笑する。張兄弟が密議を行っていると女皇に真っ向から上奏し、左遷を言い渡されても無視して宮中に留まっているという強者《つわもの》である。

（張昌宗がこんなに右往左往してるなんて、見ものね。普段は目下の者に威張り散らしてばかりなのに）

人が悪いとは思いながらも詠月は、彼らを興味深く眺めてしまう。

そう、この国でもっとも高貴な人々が集まる宮城は、詠月にとってとても面白い場所だった。

生まれが高貴であろうとなかろうと、誰もが厠《かわや》に行くし、いびきだってかく。しかし彼らは、出自や身分といったものに付随する矜持《きょうじ》とやらのせいで、庶民ほど単純には生きられないらしい。

そもそも下々《しもじも》には想像できないほど入り組んだ人間模様を繰り広げていて、つまらないことで嫉妬《しっと》や恨みを抱いて足を引っ張り合う。笑って済ませられるはずのことが、斬首になるならないという大事にさえ発展するので、まるで壮大な大衆演劇を見ている気にさせられるのだ。

つまり詠月がしていることは、いわゆる「のぞき」と言われる行為だった。

我ながら悪癖だとは思うが、市井《しせい》で育った詠月にとって、庶民にはうかがい知ることさえできない雲上の様子に、興味津々になってしまうのは無理からぬことである。

(それにどうせお偉い方々にとって、身分の低い宮女なんて、道端の石ころのようなものなんでしょ)

同じ人間とも思っていないので、なにを見られても彼らは気にならないらしい。ならば、少しくらい覗かせてもらっても、かまうことはないではないか。

「どうすればいい？　このままでは、朝臣《ちょうしん》どもが私になにをするかわからない」

自分の行いを正当化した詠月は、立てた膝に肘《ひじ》をつき、張昌宗が蒼白《そうはく》になって上官婕妤に訴える様をざまあみろと思いながら眺めた。

というのも、この昌宗が、幾人もの迎仙宮の宮女たちに手をつけていることを、彼女は知っていたからである。

男寵とはいっても、女皇自身がすでに淫蕩《いんとう》にふけるような年齢ではない以上、おそらく閨《ねや》で行うことといえば按摩《あんま》や睦言《むつごと》を口にする程度だろう。それでも女皇が男寵を持つのは、おそらく年老いても妃嬪を囲い続ける歴代の男性皇帝への対抗心のようなものだと、詠月は思っている。

しかし昌宗は、女皇の寝宮に入ることができるその特権を利用して、宦官以外の男性が存在しないこの女の園で、手あたり次第に女漁《あさ》りをしているのだ。

（このクズ男が、もうすぐ失脚するなら万々歳ね）

小気味好《よ》く思いながら詠月は、壺のなかの視点を切り替えた。そして張昌宗に名指しされた宋璟の様子でも覗こうかと、皇帝が生活する迎仙宮から、外へと視線を動かしていく。

すると迎仙宮からほど近い宮城の西側で、貴人を乗せた輿が一基、停まっていることに気づいた。

（あれは、たしか太平公主の輿……？）

金銀で飾り立てた豪華な輿は、これまでにも何度か目にしたことがある。

太平公主は女皇の唯一の娘であり、その寵愛《ちょうあい》を一身に受けている存在だ。その彼女が、このようなところでなにをしているのだろうと、詠月は気になった。

というのも、彼女が輿を停めているところは、俯瞰《ふかん》している詠月にはよく見えるものの、おそらく地上からは建物の陰になって、人目につきにくい場所だと思われたからだ。

秘事の匂《にお》いを感じ取った詠月は、興味本位で意識を輿に近づけていく。

すると輿の前で跪《ひざまず》いていた若い男が、ふいに立ち上がって周囲の侍衛《じえい》たちになにかを命じる。

(本当に、なにがあったんだろう)

侍衛たちがぱっと散らばっていく様にそう思った詠月は、落ち葉と戯《たわむ》れるようにして歩いていくその人物を追った。

そして侍衛からなにやら報告を受け、頭を掻いたその男が誰か確認しようと、壺口に顔を近づけたときだった。

「あっ――」

運悪く、真っすぐな髪を束ねていた髪留めのひとつが、かちりとはずれた。音を立てて水のなかへと沈んでいくそれをつかもうと、詠月は思わず手を伸ばす。

指先に清水の冷たさを感じたのは一瞬だった。それとともに水面が揺らめき、髪留めが詠月の指をかすめて落ちていく。

すると驚いたことにそれは、壺底ではなく、壺中に映し出した景色のなかへと落下していった。

(え――?)

なにが起こったのだろう。目を瞬《しばたた》かせていると、今度は壺中で彼女の手をぐっと握るものがある。

そして次の瞬間、詠月はするりと壺のなかへ引き入れられてしまったのだ。

方術好む郡王

詠月《えいげつ》の話が終わると、臨淄郡王《りんしぐんおう》である李隆基《りりゅうき》は、ふたたび思案する顔つきになった。そして近くにいた侍衛《じえい》に何事かを命じる。

「ちょうどいい。本当に壺中《こちゅう》術が使えるというのならば、おまえここで、壺を覗《のぞ》いて俺に見せてみろ」

「は?」

どんな罰が下されるのか。そう気になって注意深く隆基の様子を窺っていた詠月は、彼の言葉がすぐには理解できなかった。

「今、猫を一匹捜している。見つけることができたら、俺を踏みつけたことは不問にしてやる」

隆基によると、この付近に太平公主《たいへいこうしゅ》が輿《こし》を停めていたのは、連れ込んだ猫を逃がしてしまったかららしい。

女皇が猫嫌いのために、宮城に猫を入れてはならないのは、誰もが知っていることだ。

女皇が、李唐帝国《りとうていこく》の都だった長安《ちょうあん》からわざわざ神都《しんと》――洛陽《らくよう》に遷都したのも、長安の大《たい》明宮《めいきゅう》に猫が多かったからだという噂《うわさ》まであるくらいである。

「……わかりました」

ようは、奇術を見せろということだろう。目当ての猫が見つかるとはかぎらないが、やってみせるしかない。

ほどなくして戻ってきた侍衛が、詠月に水の張った壺を差し出してくる。

「猫がいなくなったのは、半刻《はんとき》ほど前のことらしい。白い毛並みで……たしか尻尾《しっぽ》は長いと言っていたな――」

「これは……黒釉磁《こくゆうじ》の双耳壺《そうじこ》じゃないですか！　この例を見ないすべらかな肌、そしてなだらかな腰つき……なんて名品なんでしょう！」

黒光りする見事な磁器を受け取ったとたん、目を輝かせた詠月は隆基の説明を遮って叫んでしまう。どこに保管されていたのだろう。迎仙宮《げいせんきゅう》では、これほど美しい黒釉磁を見たことがない。

「……おい」

「すみません」

思わず興奮してしまった詠月は、低く響いた隆基の声に、はっと我に返って咳払《せきばら》いする。そうだ、今はそれどころではないのだ。

「……おまえ、壺御宅族《オタク》なのか？」

「そう言われることもあります」

オタクであることは否定せず、詠月はさっそく壺のなかに宮城を映し出してみせる。

するると小さな壺口に見えるものを確認しようと、隆基が横から無理やり割り込んできた。

猫を捜すには彼の頭が邪魔であったが、文句を言うわけにもいかない。できるだけ気にしないようにしながら詠月は、まずはかなり上空から俯瞰《ふかん》して全景を見せてみる。

宮城内で真っ先に目につくのは、正殿にあたる明堂《めいどう》——通天宮《つうてんきゅう》である。一度火事で燃え落ち、再建された際に規模を小さくしたとはいうが、四時《しじ》に即した下層の上に十二辰《しん》にのっとった中層を載せ、その上の円形の屋根の上には金で飾られた鳳凰《ほうおう》の鉄像が鎮座するという、珠玉の建物となっている。

そしてその北西にそそり立つのが、巨大な仏像が安置されているという天堂の、五層の塔だ。それらの周囲には、紫緋《しひ》の袍《ほう》をまとい、金や銀の魚袋《ぎょたい》を下げる金帯冠を着け、笏《しゃく》を持った高官たちの姿も数多く見えた。

「たしかに宮城だな」

次々と壺中に映し出される景色に隆基は、驚いたというよりも感心したように水面に見入っている。

「逃げた猫がどのあたりにいるか、予想はついているんですか?」

「いや、さっぱりわからない。最悪、すでに迎仙宮に入ってしまっている可能性もある」

そうだとしたら、たとえ見つかったとしても、侍衛たちでは捕らえられないだろう。その場合は、この問題を内密に処理できなくなるかもしれないということだ。

「それにしても、猫みたいに小さいものを、どうやって見つけたらいいですか? 物陰に隠れてたら気づかないし、どこかの殿宇に入ってしまっていたら、ひとつひとつ覗いていかなければなりませんよ?」

予想以上に骨の折れる作業だと詠月が思っていると、隆基は首を振った。

「建物内は引き続き侍衛に捜させているから、おまえは細かいことは気にせず、このまま屋根を映していろ」

隆基に促され詠月は、仙居殿《せんきょでん》をはじめとする迎仙宮付近の殿宇から捜しはじめた。しかしなかなか見つからず、焦りながら視点を西へとずらしていく。やがて貢士《こうし》の試験を行う際などに使われる洛城殿《らくじょうでん》を映したときだった。隆基が詠月を制するように彼女の腕をつかんだ。

「待て。あの白い点はなんだ?」

「あっ、いました!」

隆基が指で指し示したところを大きく映し出し、詠月は声を上げた。鈍色《にびいろ》の屋根の上で、たしかに白猫が一匹丸くなっている。どうやら寒空にもかかわらず邪魔する者もいないそこで、優雅に昼寝を楽しんでいたようだ。

「こんなところにいたんじゃ、下から捜しても見つかるはずがないな……。——洛城殿だ。急げよ。殿宇に登るところを見られないよう、細心の注意を払え」

隆基は嘆息すると、まわりの侍衛たちに向かって口早に命じた。

「公主の御猫、捕まえ奉りました！」

しばらくして、侍衛たちが猫を入れた竹籠《たけかご》を引っ提げて駆けてくる。だいぶ格闘したようで、幾人かは顔や手の甲に引っかき傷をつくっていた。

「叔母上のところへ、早く連れていけ」

隆基の命を受けた侍衛は、急いで公主の輿が待っている方に走っていく。

その後ろ姿を眺めながら、詠月はほっと安堵《あんど》の息を吐《つ》いた。本当に見つけられるとは思っていなかったが、なんとかなったようだ。これで隆基を踏みつけたことは不問になるはず。

「いいだろう。おまえの言っていたことに、嘘《うそ》はなかったようだ。迎仙宮にいる張《ちょう》兄弟から寄越された間者でもないようだしな」

「張兄弟の間者なんて……ありえませんよ！」

詠月はぞっとして叫んだ。あの漁色家の張兄弟の手下と思われるのは、さすがに我慢がならない。

　すると隆基は、意外そうな表情を浮かべた。

「えらく嫌っているようだな」

「当然ですよ。彼らは女の敵ですから」

　本来であれば男子禁制のはずの迎仙宮で、男性に縁のない人生を強いられる宮女たちが、一時の夢を見たいというのならば、彼女にも否定する気持ちはない。

　しかし詠月は、張兄弟と関係したと思われる宮女たちが、その後ことごとく宮中から姿を消しているのが気になっていた。

　女皇に仕える男寵《だんちょう》が、ほかの女と密通しているとなれば大事だ。女皇に気づかれる前に、張兄弟によって城外に出されているのだろうか。それとも考えたくないことだが、邪魔に思った彼らに、殺されてしまっている可能性も否定できない。

　どの宮女もある日忽然《こつぜん》といなくなるので、壺中術で離れた景色を見られる詠月にも、その行方を探るのは至難の業《わざ》だった。

　ただ、いかに張兄弟であっても、誰にも知られず迎仙宮のなかに死体を隠せるはずもない。そのためおそらく彼らが、権限をつかって彼女たちを出奔させたと考えるほうが自然である。

　しかし城外に出されたあと、彼女たちがどういう道をたどったかを考えると、眉《まゆ》をひそめざるをえない。ひとりならばともかく、次から次へと新しい女に手をつける男が、すべての女の面倒を見るとは思えないからだ。

「ふ……ん。まあいい。それでおまえ、どうやって迎仙宮に戻るつもりだ？　今あの宮殿は門を閉ざしていて、門を出た記録がないまま戻れば厳しく追及されるぞ」

「ええ!?」

　ようやく壺部屋に戻れると悦《よろこ》んだのもつかの間、思ってもみなかったことを言われて詠月は顔を上げる。

「どうしてそんな――」

「その張兄弟が、女皇陛下の体調を朝臣《ちょうしん》たちに知られないよう、出入りを禁じているからだ」

　そういえば上司である孫尚寝《そんしょうしん》から、迎仙宮の外にはけっして出ないようにと命じられていたことを思い出す。いつも壺部屋に籠《こ》もってばかりだった詠月は、その話をすっかり失念していた。

「そもそも秋口からずっと、朝臣たちはおろか、俺の父や伯父、叔母さえ女皇陛下に面会できない状況が続いていたんだ。女皇陛下は先日一度回復して朝議に出てこられたが、その後すぐにまた、謁見できなくなった。ここ数日迎仙宮の出入りがさらに厳しくなったことから、ご容体が悪いんじゃないかと憶測が飛んでいる」

「ああ、そういえば張昌宗《しょうそう》が、『もう五日も意識がない』って……」

たしかそう上官婕妤《じょうかんしょうよ》に訴えていたはずだ。

「おまえ、長生殿《ちょうせいでん》のなかも覗いているのかよ……」

隆基の突っ込みに、詠月ははっとして口を押さえる。恐れ多くも女皇陛下の居室を覗くなど、手討ちになっても文句は言えない。

しかし隆基に罰するつもりはないようで、「ということは、まだ生きているのはたしかなんだな」とつぶやくだけだった。

「あの……、もし迎仙宮に戻れないとなると、私、どうなるんでしょう……?」

ほとんど壺部屋にひとりで籠もっている詠月だが、さすがに消灯時間までに戻らなければ、柚鈴《ゆうりん》をはじめとする相部屋の者たちが不在に気づくはずだ。

「通常は、宮女がいなくなれば、徹底的に捜索されるな」

それはわかる。張昌宗と関係のあった宮女たちがいなくなったあと、内侍《ないじ》の宦官《かんがん》たちが迎仙宮のなかを綿密に捜していたのに、何度も遭遇している。

皇帝の胤《たね》を宿している可能性があるからというのが建て前だが、もちろん女性である今上皇帝の宮女に、そのようなことが起こりえるはずもない。それでも捜索するのは、実際は何事にも密事の多い宮殿の内情を知っている者が、外でいろいろと吹聴《ふいちょう》すると具合が悪いからである。

「もし宮殿の外で見つかれば、当然その理由を追及されることになる。まあ、規則を守らなかったことで杖《じょう》打ちの刑になるか、下手をすれば夜に部屋にいなかったことで、姦通《かんつう》を疑われ死罪だろうな」

「そんな……」

詠月は顔を青ざめさせた。どうしてそんな、してもいないことを疑われて死ななくてはならないのか。

「でも、そもそもどうやって迎仙宮を抜け出したのか問い詰められたら、なんて言ったらいいんだろう」

壺を見ていたら外に落ちてしまったなどと、この酔狂な郡王ならともかく、たいていの人は信じないだろう。そうなれば、口を割るまで拷問されかねない。

ぞっとしていると、隆基が腕を組んで言った。

「壺を使って戻れないのか？」

「そんなこと、できるはずないじゃないですか！」

相手が皇族ということも忘れて、つい声を荒らげてしまう。今までは、壺中を通じて移動してしまうなんて一度もなかったのだ。

「そうなのか？　もともと壺中術とは、壺中の天を自在に操る方術だろう？　壺のなかに別天地を創《つく》り出し、それを支配することができるという。ほかの空間に結びつけて壺中に景色を映し出すなんて、むしろその応用のはずじゃないか」

「壺のなかの別天地――」

詠月がその言葉を口のなかで転がすと、隆基は「術を使うくせに、なにも知らないのか？」と呆《あき》れたように言った。

「後漢《ごかん》の時代だ。汝南《じょなん》にいた費長房《ひちょうぼう》という市場の役人が、壺公《ここう》と呼ばれる仙人に、壺中に連れていってもらった話が残っている。壺のなかには、荘厳華麗な御殿が建ち並び、美酒とご馳走《ちそう》があふれる別天地が広がっていたらしい」

この隆基は、方術についていやに詳しい。先ほど詠月のことを壺オタクと言ったが、彼こそ方術オタクではないのだろうか。

「さっきだって、迎仙宮のなかから、こちらに出てきたんだろう？」

「それは……、でも、自分で意識してやったわけではないし……」

「ふ……ん。思ったほど、たいした術は使えないということか」

「悪かったですね」

とりあえずやってみろよと促され、詠月は猫を捜すために使った壺のなかに、先ほどまでいた迎仙宮の壺部屋を映し出してみる。詠月以外ほとんど立ち入らないそこは相変わらず無人で、もしここに出られれば不在を誰にも気づかれずに戻れるはずだ。

「――駄目です」

しかし壺中に手を差し入れてみるが、水面が揺れるだけでなんの変化もない。しかも先ほどとは違い、腕から先がぐっしょりと濡《ぬ》れてしまった。

「先ほどは、どうやったんだ？」

「あのときは、落とした髪留めを取ろうとしたんです。そうしたら急に手をつかまれて……」

そのせいで壺中に吸い込まれ、ここに引きずり出されてしまったのだ。

「なるほど。自分でどうこうできるわけでもないのか」

「……もしかしたら、今も指の先くらいは迎仙宮に出ているのかも。だけどそこで引っ張ってくれる人がいなかったら、移動できないってことじゃないでしょうか」

「なら、仕方がないな」

なぜかがっかりした様子で、隆基は肩をすくめた。

「来い。迎仙宮に戻れるよう手助けしてやる」

「……どうしてですか？」

詠月は隆基の意図が理解できずに目を瞬《またた》かせた。そんなことをしても、彼にはなんの得にもならないだろうに。

「気にするな。たんに礼だ。叔母上の猫を見つけ出してくれたしな。それに、俺が興味本位におまえの腕を引っ張らなければ、ここに出ることもなかったんだろう？」

「そう言われてみればそうですね」

納得した詠月は、さっさと歩きだした隆基についていく。彼の侍衛がふたりほど後ろからついてくるが、それ以外は待機を命じられた。皇族のわりに、ずいぶんと身軽な男である。

「しかし猫くらいであんな騒ぎになるなんて、女皇陛下が猫を怖がっておいでという噂は本当だったんですね」

猫を連れ込むと罰せられるなど、やはり高貴な人たちの考えることは面白い。しかも公主の猫を「御猫」と呼び、「捕まえ奉る」などと敬語を使うのも、庶民にとっては笑い話にしかならない。

隆基の後ろについて歩きながら、気の抜けた詠月はついもらしてしまう。

「おまえ……不用意にそういうことを口にしていると、下手をすれば首が飛ぶぞ。宮中には、自分の点数を稼ぐために人の失言を密告しようとする悪意の者なんて、いくらでもいるんだ」

「……そうでしたね」

指摘され、詠月は口を押さえる。いつも柚鈴から「緊張感に欠ける」と言われているのに、またやってしまったようだ。

「おまえ、よくそんなんで、この宮中を生きてこられたな。尚寝とか、上司の誰かに注意されたことはないのか？」

「言われないこともありませんが、普段はずっと壺部屋に籠もっていて、あまり人と接することがないので」

「なるほどな……。だから俺にもそんな調子なのか」

どうやら隆基は、皇族である彼に対する詠月の言葉遣いや態度が不思議だったらしい。しかし不快ではないようで、納得した様子で歩き続ける。

そんなにおかしいだろうかと思いながらも、詠月にも自覚できることはある。

宮奴《きゅうど》という立場であろうと、詠月はほかの宮女たちのように上位者に怯《おび》えたり、媚《こ》びたりしようと思ったことがないからだ。

（これがあるおかげかな――）

詠月は腰に手をやり、帯の下に入れている小さな瓢箪《ひょうたん》の感触をたしかめた。

それは、宮中に上がると決めた詠月に、養い親がお守りにと持たせてくれたものである。

きっとこれのおかげで詠月は、言葉ひとつで命を奪われかねない宮中生活を、必要以上に神経を尖《とが》らすこともなく送れているのだ。

「知りたいか？」

「はい？」

指先で瓢箪の感触を楽しんでいた詠月は、立ち止まった隆基が、なにを言ったかすぐにはわからなかった。気がつくと彼は詠月を振り返り、眇《すが》めた眼差《まなざ》しを向けている。

「女皇がどうして猫に怯えるのか」

知りたいというほどではないが、そう答える前に隆基が口を開いた。

「呪《のろ》いだそうだ」

「呪い？」

「女皇が、もともとは俺の祖父、高宗《こうそう》の皇后だったのは知っているだろう？　そしてその前は、曾祖父《そうそふ》である太宗《たいそう》の後宮にいた」

それは誰もが知っていることなので、詠月はうなずいた。

もとは李唐帝国の二代皇帝――太宗の妃嬪《ひひん》のひとりだった女皇は、太宗の崩御とともに一度は道観に出家して女冠となった。女冠とは、女性の道士のことである。しかしいつの間にか太宗の息子である高宗と通じ、その後宮へと舞い戻ってきたのだ。

「当時、祖父高宗の後宮では、王《おう》皇后と蕭 淑妃《しょうしゅくひ》というふたりの女が君寵を争っていたらしい。女皇は、そのふたりの争いに乗じる形で、祖父の寵 愛《ちょうあい》を独占するようになっていったというわけだ」

そのあたりまでは、詠月も噂で聞いたことがある。もともと子のいない王皇后が、蕭淑妃に対抗するため、女皇を後宮に入れることに積極的だったということも。

「だが、王皇后がいるかぎり、皇后にはなれない。思いつめた女皇は、産んだばかりの自分の娘が王皇后に殺されたと、高宗に泣きついたんだ」

「産んだばかりの娘……」

女皇は、高宗との間に、四人の男子とふたりの女子を産んだといわれている。

長男の李弘《こう》は、高宗の皇太子として将来を嘱望されていたが、若くして頓死《とんし》したという。

次男である李賢《けん》は、一度立太子されたものの廃され、配流ののち自死を迫られた。

三男である李顕《けん》は、高宗の死後皇位に就くが、女皇に廃されて盧陵王《ろりょうおう》として配流。当初女皇は、武姓《ぶ》である甥《おい》のいずれかに武周帝国《ぶしゅうていこく》の玉座を譲ることにこだわっていたが、実子を後継者とするよう臣下から説得され、つい数年前に皇太子として都に呼び戻されたばかりだ。

四男である李旦《たん》は、兄の李顕の廃位後に李唐帝国の皇帝として即位させられたが、武周帝国を打ち建てようとする女皇に禅譲させられ、皇嗣という曖昧《あいまい》な立場で長く東宮に軟禁されていた。そして皇太子として李顕が呼び戻されると同時に幽閉を解かれ、今は相王《しょうおう》となっている。

末っ子の太平公主《たいへいこうしゅ》は、四人の兄たちとは違い、女皇の愛情を一身に受け続けた。ときには女皇の政治的な相談に乗ることもあったようで、その権力は絶大である。

そしてもうひとり——。

「そうだ。安定公主《あんていこうしゅ》といって、女皇と高宗の最初の娘だ。ただ女皇みずからが、王皇后を陥れるために手にかけた、という噂もあって、真相はわからない」

「……それ、聞いたことあります」

詠月も、宮中に上がってすぐのころ、その噂を耳にしていた。

「でも、そんなことが、本当にあるんでしょうか。母親が、自分のお腹《なか》を痛めて産んだ子供を殺すなんて……」

「さあな」

話がそれたと感じたのか、それとも詠月が妙なことを気にすると思ったのか、隆基は片《かた》眉《まゆ》を上げた。

「ともかく、その安定公主が亡くなったのは王皇后のせいだと女皇は主張し、そのうえで蕭淑妃とともに王皇后が、女皇を呪う媚蠱《びこ》を行ったと訴えた。その結果ふたりは捕らえられたそうなんだが、新たに皇后となった女皇に向かって、極刑となった蕭淑妃が叫んだらしい」

『溝《どぶ》をはいずる鼠《ねずみ》となるがいい！　妾《わらわ》は猫となってそなたを喰《く》い殺してくれようぞ！』

陥れられ殺された女の、消えることのない怨念《おんねん》——。それを感じた詠月は、ぞっとして背筋が寒くなった。

「その話が事実かどうかはわからないが、それ以来女皇は、猫をひどく怖がるようになったらしいぞ。もう五十年ほど前のことだがな」

ただの昔話だと告げる隆基の言葉を聞き流し、詠月はうつむいたのだった。

＊

迎仙宮の近くまでやって来ると、隆基の話のとおり正門である迎仙門は固く閉ざされ、禁城の守備兵たる羽林《うりん》軍によって、厳重に警備されていた。

「吏多祚《りたそ》ではないか！」

通りかかったふりをしながら様子をうかがっていた隆基は、門衛のなかに見知った者を見つけたようで、気安く声をかけた。

「これは、隆基様ではありませんか！」

するとは門衛たちを束ねる立場にあると思われる壮年の偉丈夫が、駆け寄ってきて彼の前に跪《ひざまず》いた。いかにも武人といったいかつい男で、眼光鋭く、鷲鼻《わしばな》が特徴的な顔立ちである。

「右羽林衛《ゆううりんえい》大将軍であるそなたが、みずからこのようなところで門番とは、いったいどうしたんだ？」

「何人《なんぴと》たりともこの迎仙宮に入れてはならぬと、女皇陛下より御下命を受けておりますゆえ。ですが、宰相の張柬之《ちょうかんし》様をはじめ、無理やりこの門を突破されようとする方々が後を絶たず、臣《しん》もここから離れられぬのです」

吏大将軍は、困ったものですと眉を下げた。

彼の話す張柬之とは、秋ごろ女皇が迎仙宮に臥《ふ》せるようになったのと前後して、宰相に就任したばかりの男である。

長く女皇の治世を支えた国老――狄仁傑《てきじんけつ》が死ぬ間際に宰相として推薦した男で、すでに齢《よわい》八十歳を越えているものの、矍鑠《かくしゃく》としていて女皇相手にも諫言《かんげん》を惜しまない人物として知られていた。

つまり張兄弟にとっては、自分たちを弾劾し続ける御史中丞《ぎょしちゅうじょう》の宋璟《そうえい》と並んで、頭の痛い人物に違いない。

「何人たりともだと？　女皇陛下の孫である俺でもか？」

「……例外はいっさいございません」

吏大将軍は、恐縮した様子ながら、隆基相手にも引かない気概を見せる。どうやら真面目《まじめ》だが、融通の利かない男のようだ。

「だがその命は、女皇陛下ではなく張兄弟が下したものだろう。そなたほどの者が、なぜ男寵になどへつらうんだ？」

「……羽林軍は、女皇陛下に直接お仕えする親衛軍にございます。我らが従うのは、唯一女皇陛下の命のみ」

吏大将軍も、内心では張兄弟に従わざるを得ない現状に、納得がいっていないようである。隆基の挑発に矜持《きょうじ》を傷つけられたように、むっと顔をしかめた。

「わかっている。そなたが誰よりも忠義の者だということはな」

抑制した口調ながらも睨《にら》みつけるような眼差しを向けられた隆基は、無用の衝突を避けたのだろう。そう言ってあっさり引き下がると、後ろに控える詠月にかまわず歩きだしてしまった。

（やっぱり駄目なんだ……）

慌てて彼の背中を追った詠月は、迎仙門を離れながらうなだれた。やはり皇族の権威をもってしても、迎仙宮に戻ることはできないようである。

どうしたらよいのか途方に暮れていた詠月だったが、隆基は迎仙宮を取り囲む宮墻《きゅうしょう》をぐるりと東に回り込み、道を折れたところにある鈴懸《すずかけ》の木の陰に彼女を引っ張り入れた。

「おい、ここで壺を使え。忍びこむから、警備の薄いところを探すんだ」

「ええ？」

「門衛に追い返されるのは想定内だ。警備の隙《すき》をついて壁を越えるぞ」

お付きの侍衛に水を入れたままの壺を持ち運ばせていることを不思議に思っていたが、

はじめから彼は、そのつもりだったのだ。

「警備の薄いところって言ったって……」

しかし唐突に言われた詠月は戸惑う。今までそのような用途で壺を覗いたことがないからだ。

「上から俯瞰すれば死角になっているところくらいわかるだろ。さっさとしろ」

隆基の強引な物言いに、仕方なしに迎仙宮を映し出す。するとそれを彼女の上から覗いていた隆基は、あっという間に警備の死角を見つけたらしい。

「ここだな」

そしてその場所に詠月を連れていくと、近くにいる兵の注意を引いておくよう、侍衛のひとりに申しつける。そして残った侍衛に宮墻の前で両手を組ませると、それに足をかけ、さっとその上へと跳躍した。

「来い」

あまりに手慣れた様子に呆気《あっけ》に取られていると、目の前にするすると縄が垂れてくる。はっと我に返った詠月は、下に残っている侍衛の手を借りながらどうにか縄を上りきった。

ちょうど宮墻の内側に植わっている枝垂《しだ》れ梅が満開で、宮殿内からの視線を遮ってくれている。詠月はその陰から出ないよう、今度は下ろした縄を伝っていった。

「ありがとうございました！」

地面に足がついたとたん、まさかこれほどまで簡単に戻ってこられると思っていなかった詠月は、歓喜の声を上げた。

「おかげで助かりました——って、どうしてあなたまで来るんです？」

しかし振り返って恩人に礼を述べようとすると、いつの間にか壁の上にいるはずの隆基まで縄を降りてきている。

「気にするな。ただのついでだ」

「気にしますよ！　ここは男子禁制なんですよ⁉」

なにを勝手に入り込んでいるのだと、詠月は唖然とした。

特別に許可を得て立ち入るならまだしも、無断で侵入したことが明るみに出たら、いくら女皇の孫である隆基とて無事ではいられまい。

「そんなことは知っている。少し調べたいことがあるだけだ」

「調べたいこと、ですか？　っていうか、もしかして最初からこうするつもりで、私に不法侵入の片棒を担がせたんですか？」

猫を捜しあてた礼に迎仙宮に戻るのを手助けしてくれると言っていたのは、まったくの口実だったということか。

「まあ、細かいことはどうでもいいじゃないか」

「どうでもいいわけないでしょう!!」

まんまと利用されたことに気づいて詠月は愕然《がくぜん》とするが、隆基はかまうことなく宮殿内を歩きだしてしまう。

「長生殿はこっちだな?」

「ちょ、待ってください!」

見張りの多い方向へ行ってしまいそうな隆基を、詠月は慌てて引き留めた。

「心配するな。先ほどおまえが宮中を俯瞰したときに、殿宇の配置は、だいたい把握している」

「わざわざ私に壺中術を使わせたのは、警備の死角を探すためだけじゃなくて、宮殿内の様子を把握するためでもあったんですか……?」

あっけらかんとした言葉に、詠月は開いた口が塞《ふさ》がらなかった。

「いったい、長生殿でなにを――」

これほど強引な手法を取ってまで調べたいこととは、いったいなんなのだろう。しかし訊《たず》ねる前に、詠月はこちらに向かってくる足音に気づく。慌てて庭に飾られた大岩の陰で息を詰め、やって来た宦官兵をやりすごした。

「こんなところにいたら、すぐに宦官兵に見つかってしまいます!」

そうなれば迎仙宮の外にいたときとは反対に、詠月はどうにかごまかせるが、隆基は大変なことになるだろう。

「なら、隠れられる場所はどこだ？」

「なんで私が……!?　勝手にここまでついてきたのはあなたじゃないですか！」

巻き込まれたくない詠月に、しかし腕を組んだ郡王が言い放つ。

「誰のおかげで、迎仙宮に戻ってこられたんだ？」

「ぐっ……」

それを言われると反論できず、詠月はうなだれた。

「……とりあえず、こっちに来てください」

仕方なしに彼女は、ひとまず壺部屋の方向に隆基を誘導する。あそこならば近寄る人もほとんどいないので、隠れるにはもってこいだろう。

「お願いですから、行き当たりばったりに動かないでくださいよ!?」

細心の注意を払って壺部屋までたどり着き、並びの小部屋にいるかもしれない者たちに気づかれないよう隆基を押し込むと、詠月は彼に強い口調で言った。相手が皇族であることはもちろん承知しているが、いいように利用され、さすがに少し腹が立っていたのだ。

「へえ、こんなところはじめて入った」

しかし隆基は、顔を引きつらせる詠月にかまわず、木箱を収めた棚が整然と並ぶ部屋に、興味津々といった様子である。

「お願いですから、触らないで！　それは三百年前に作られた青磁天鶏壺《てんけいこ》です！」

詠月は隆基が手をかけた木箱に気づいて目を剝《む》いた。

「万一にも落として割ったりでもしたら、この壺を作り上げた名工にだけじゃなく、完璧《かんぺき》な状態で保ち続けてきた時にたいする冒瀆《ぼうとく》ですよ！」

「わかったから、そう騒ぐな」

悪びれる様子もなく高価な陶磁器の入った木箱を物色しながら歩きまわる隆基に、詠月は心臓を跳ねさせ続ける。もし彼が躓《つまず》いて、集められている陶磁器が割れたり罅《ひび》入ったりでもしたら、取り返しがつかない。

「壺オタクにとっては、夢のような部屋じゃないか」

「それは否定しませんけどね」

もちろん陶磁器というからには、この物置部屋に置かれているのは壺にかぎらず、皿や瓶など、いろいろなものがある。仕事であるし、この壺部屋からほかの場所に移されたくないので壺以外も手入れはするが、詠月にとってそれらはあまり価値がない。

「そういえばおまえ、尚寝《しょうしん》局の宮女と言っていたな。名前は？」

「……詠月と言います」

まだ訊《き》いていなかったなと、振り返った隆基が思い出したように訊ねた。

「姓は？」

「ありません。親から捨てられたので。宮中に上がるときには、養い親から姓をもらって、袁《えん》詠月と届け出ましたが」

「養い親？」

「はい。私に壺中術を教えてくれた人です」

「袁、ね。道士なんだな？」

「……まあ、そうです。養い親は、壺にしか興味のない私を心配して、外の世界も見てみろと、術を教えてくれたんです」

詠月は、長い時間ともに過ごした年老いた道士の顔を思い浮かべる。

実の親には不要とされた命だが、彼はそんな詠月を憐《あわ》れんで、まるで孫娘のように慈しんでくれた。そのおかげで詠月は、おのれを捨てた親を恨むこともなく、真っすぐに生きてくることができたと思っている。

『すまぬ。私のせいでそなたには辛《つら》い思いをさせて』

それが養い親の口癖だった。彼は、詠月が宮中に上がりたいと言うと、頭ごなしに反対はしなかったが哀《かな》しげな表情を浮かべていた。

しかし老いた養い親の命がもう長くないと知ったとき、彼のいない世界で、たったひとりで生きていくのも嫌だったのだ。あの、訪れる人もなく、時の流れが止まったかのような世界で――。

「ふうん。教えてくれたっていっても、そんなに簡単に会得できるものでもないだろうに」

「養い親は、私はスジがいいって言っていましたけど……」

世を捨てた養い親にとっても、詠月はよい教え子だったのだろう。彼に壺中術を教えてもらったときの楽しい記憶に口元をほころばせていると、壺部屋の外で声が聞こえた。

「いるのですか、詠月？」

「っ、隠れてください！」

この凜《りん》とした口調は、尚寝局を束ねる孫《そん》尚寝だ。そう思った詠月は、隆基に向かって棚の後ろを指さした。

彼が身を潜めるが早いか壺部屋の扉が開き、きりりとした眉が特徴の、四十歳を越えたばかりの尚寝が入ってくる。

「やはりここにいたのですね、詠月」

「孫尚寝……！　ど、どうかしたんですか？」

「どうもこうも、そなたが昼餉《ひるげ》に来ないというから様子を見に来たのです」

どぎまぎと言葉を返した詠月に、孫尚寝は淡々と答えた。

「あ……、その、壺の手入れに夢中になってしまって……」

口調は厳しいけれど情け深い尚寝は、詠月を心配して来てくれたに違いない。そんな彼女に嘘をつくことを後ろめたく思いながら答える。

「そうですか。壺もいいけど、ほどほどになさい」

言葉どおり、様子を見に来ただけなのだろう。尚寝はすぐに踵《きびす》を返して壺部屋を出ようとする。しかしふと振り返り、ぐるりと室内を見まわす。

まさか隆基の気配を感じ取ったのだろうか。しかし、どきりとした詠月とはうらはらに、尚寝はまったく違うことを口にした。

「そなた、柚鈴がどこに行ったか知っていますか?」

「え、柚鈴ですか?　今頃は園林の手入れをしているんじゃないんですか?」

唐突に同室の宮女のことに話が及び、詠月は首を傾《かし》げた。いつもこの時間はそこにいるはずだが、厠《かわや》にでも行っているのだろうか。

「そう。あの娘、最近たびたび姿が見えないので、ここで油を売っているのやもと思ったのですが……。知らぬのならばいいのです」

それだけ言って尚寝が行ってしまうと、詠月は無意識に詰めていた息を吐き出す。

「見つからなくてよかったですね……って、なにしてるんですか!」

どうにか見つからずにすんだと胸を撫《な》でおろしたのもつかの間、棚の裏に隠れていた隆基が、勝手に壺をいじっていることに気づいて詠月は慌てる。

「なあ。もしかしてこれか?　おまえが先ほど迎仙宮から出てしまったときに使っていた壺は」

たしかに彼が覗き込んでいるのは、詠月が朝に磨いていた白磁の壺である。誰のおかげで、こんなに肝を冷やしていると思っているのか。そう苛立って非難しようとする彼女に、隆基が言った。

「広口の壺で水面が見やすいな。ちょっとこれで長生殿を映してみろよ」

「いいですけど……」

それで諦《あきら》めて帰ってくれるのならばと、詠月は素直に女皇の寝殿である長生殿を映し出す。居間にあたる寝房の隣室には常のごとく上官婕妤が控えているが、男寵である張兄弟はいないようだった。

「寝房の方は？　誰か仕えているのか？」

「いないみたいですね……」

隣の寝房に景色を移しながら、詠月は答えた。

「女皇陛下は、人の気配があるのを好まれなくて、最小限の女官しか側《そば》に置かないっていう話を聞いたことがありますよ」

部屋の奥にある牀の天蓋《てんがい》からは、相変わらず幾重にも布が垂らされている。そのためなかは窺えないものの、やはり女皇は眠りについているようだ。

「ああ、この絨毯《じゅうたん》の柄はいいな。もっと近くで見せてみろ」

　すると隆基は、急に脈絡もなく、西方から渡ってきたと思われる絨毯に興味を示した。

「へえ、こういうものに興味があるんですか？」

　意外に思いながら詠月は、彼に言われたとおり草花の絵を織り込んだその柄を映し出す。そのときだった。

　どん――。

「え……？」

　唐突に、隆基に背中を押される。

　よろめいた詠月は、振り返る間もなくその壺口に吸い込まれたのだった――。

「なにするんですか！」

軽くつんのめるようにして絨毯《じゅうたん》に手をついた詠月《えいげつ》は、隆基《りゅうき》に向かって抗議した。すぐ背後にいた彼は、彼女の宮女服を握りしめ、同じように床に膝《ひざ》をついている。

「いきなり背中を押すなんて、万が一にも壺を倒して割ってしまったらどうする――え？」

そこまで言いかけて、詠月はあたりの様子がおかしいことに気づいた。先ほどまで壺部屋にいたはずなのに、今は陽射《ひざ》しの遮られた薄暗い一室にいる。目の前にあったはずの広口壺もなかった。

「まさか……」

慌ててあたりを見まわし、現実を理解した詠月の顔から、血の気が引いた。

金龍を這《は》わせた朱色の柱に、黒檀《こくたん》の衝立《ついたて》、そして奥に鎮座する天蓋《てんがい》つきの巨大な牀《しょう》。かすかに鼻をくすぐっているのは、嗅《か》いだこともない上質な香だ。

「ここは長生殿《ちょうせいでん》……？　なんでこんな……」

しかも詠月がいるのは、女皇の寝房だった。これまで幾度となく覗《のぞ》いてきたその部屋を、見間違うはずがない。

まさか、また壺中《こちゅう》術で移動してしまったのだろうか。迎仙宮《げいせんきゅう》のなかに戻ろうとしたときにはできなかったのに――。

「本当に来られるとは思わなかった。しかも俺まで。やってみるもんだな」

しかし慌てる詠月とはうらはらに、隆基はあっけらかんと言った。

「まさかわざと背中を押したんですか⁉　長生殿に来るために？　こんなところにいるのが見つかったら、間違いなく私の首は飛びますよ⁉　それに、もし失敗して、壺が割れてしまっていたらどうするんです⁉」

興奮して言いつのる詠月に、隆基が呆《あき》れたように耳の穴をほじった。

「壺、壺と――。おまえには、それしかないのか？」

「悪いんですか⁉」

若干引き気味に表情をゆがめた隆基に、詠月は声を荒らげる。しかし、違う。言いたいのはそんなことではない。

しかし言い返そうとしたところで、詠月ははっと我に返って口元を押さえる。

ここが女皇の寝房ならば、天蓋の羅布の奥には女皇がいるはずだ。意識がないとはいえ、同じ室内で騒いでいたら目を覚ましてしまうかもしれない。

「ちょっ……」

そう心配する詠月にかまわず、隆基は無遠慮に牀に歩み寄った。そして彼女が制止する前に、その幾重にもかかった天蓋の羅布を開け放ってしまう。

「っ――！」

詠月はもれそうになった悲鳴を必死に呑《の》み込んだ。しかし叱責《しっせき》の声が飛んでくることはなく、思わずつむってしまっていた目を、恐るおそる開く。

「……やはり、意識はないんだな」

ただの確認だったのか、それとも悦《よろこ》びか落胆か、隆基がぼそりとつぶやいた。

本来であれば、最下層の宮女である詠月は、竜顔を拝することなど許されない立場である。しかし隆基のその声を聞き、詠月は誘惑に勝てずに牀に近づいた。

「これが、女皇陛下……」

壺を介して何度もその顔を覗いたことはあったが、こうして直接見《まみ》えるのははじめてだ。

巨大な牀でこんこんと眠りについている、齢《よわい》八十を越えた老女の姿は、思いのほか小さかった。真っ白な頭髪に、深く皺《しわ》の刻まれた四角い額。絹の衾《ふすま》からはみ出た手の指は細く、骨ばっている。

どこにでもいるような普通の老婆の姿に、詠月は詰めていた息を吐き出した。

「びびりすぎだろう、おまえ」

「……悪かったですね」

隆基にからかわれるが、声をひそめながらそう返すのがやっとだった。

「そりゃあ、あなたはいいですよ。仮にも皇族——郡王《ぐんおう》様ですからね。孫が見舞いに来たって涙のひとつでも流せば、女皇陛下だってほだされて、罪には問わないかもしれませんから！」

しかし詠月は女官でもなく、日々陶磁器を磨いているだけの下っ端宮女だ。本来であれば女皇の寝殿に足を踏み入れることさえできない身の上にもかかわらず、無断で寝房に立ち入ったと気づかれたら、間違いなく斬首《ざんしゅ》になる。

「安心しろ。見つかれば斬首になるのは、俺も同じだ」

「なにを言って……」

「女皇の寝殿といっても、女皇の意識がない以上、ここを牛耳っているのは君寵《くんちょう》の張《ちょう》兄弟だろう。忍びこんだのはこちらだし、賊と間違えて斬《き》り捨《す》てたといえば、さすがに俺の父親もなにも言えない」

彼の父とは、すなわち女皇の息子、相王《しょうおう》のことだ。禅譲させられたとはいえ、一度は至尊の位に登った人さえ手が出せないとなれば、見つかっても助けてくれる人はいないということだ。

だけどそんなことを言われても安心できるはずもない。

「ちなみに、女皇の孫だからたいした罪には問われないだろうとおまえは思っているようだが、そんなことはない。張兄弟の悪口を言ったというだけで、従兄妹《いとこ》たちが自死を迫られたのは、つい三年前のことだ」

皇太子李顕《りけん》の息子である邵王《しょうおう》――李重潤《じゅうじゅん》と、その妹である永泰郡主《えいたいぐんしゅ》のことだ。

その事件が起きたときにはすでに詠月も宮中に上がっていたので、若い兄妹《きょうだい》の死に、みなが痛ましい空気に包まれたことを覚えている。

「それから、一番上の伯父は頓死《とんし》だったから真実はわからないが、二番目の伯父は幽閉されて自死を迫られ、三番目の伯父は登極後、ふた月も経たないうちに廃位されて配流だ。俺の父親も、一度皇位に就けられたあと女皇に禅譲させられ、そのあとはずっと東宮に幽閉されていた」

「……もういいです」

あらためて聞くと、本当に壮絶な一家だ。女皇の、帝位への執念ゆえなのだろうか。彼女にとって君主の椅子《いす》とは、それほどまでに甘美なものなのか。

「さっきも、女皇が自分の娘を殺したかもしれないって言ってましたよね」

どうしてこの人は、自分の子供や孫たちに、それほどに辛《つら》くあたることができるのか。

詠月はやるせなく思いながら女皇の顔に見入ってしまう。

「ああ。安定公主《あんていこうしゅ》のことだな」

「その……、女皇陛下にとって肉親とは、邪魔になったり、そのほうが都合がよければ簡単に殺せるくらい、価値のない存在なんでしょうか……？　殺しても、本当になんとも思ってない？」

「さあな。俺にはわからん」

「あなたも、女皇陛下に幽閉されていたんですか？」

鼻を鳴らす隆基の、祖母に対するものとは思えない冷めた口調に気づいて、詠月は訊《たず》ねた。

相王が皇位を追われて東宮に軟禁されたのは、おそらく彼がまだ五つか、六つのころだろう。父とともに幽閉され、不自由な少年時代を送った恨みを、彼も女皇に抱いているのだろうか。

「いや。俺は叔母上のおかげで、亡くなっていた弘《こう》伯父上の養子ということにされていたから、幽閉は免れたんだ」

女皇の長子である李弘は、男子を儲《もう》けずに若くして亡くなった。そのため太平公主《たいへいこうしゅ》は長兄への香華を絶やさぬようにと、まだ幼い隆基を、その養子にするよう女皇に訴えたらしい。

「弘伯父上が亡くなったのは俺の生まれるずっと前のことだし、ほかの兄弟や従兄弟《いとこ》たちだっているのに、どうして俺だったかはいまだにわからないけどな」

形式上相王の息子ではなくなったため、彼は父やほかの兄弟たちとは違って東宮に軟禁されず、宮城の外で母の姉妹たちによって養育されたのだという。

「だから俺は、いまだに叔母上に頭が上がらない」

逃がしてしまった猫を捜してくれなどという無理難題を押しつけられながらも、それを聞くのは、そのときの恩義が叔母にはあるからだ。

そう肩をすくめた隆基に、なるほどと詠月は思った。

隆基のこの他者に媚《こ》びることのない独特な雰囲気は、城外で育てられたかららしい。それに普通の皇族だったら、詠月のような宮奴《きゅうど》とは、まともに口を利こうなどと思わないに違いない。

「幽閉されたわけでもないのなら……、どうしてそんなに冷たい目で女皇陛下を見るんです？」

「……為政者としては、気の弱い顕伯父上が皇位に就き続けていたより、よかったと思うときもある。それこそ、身分を越えて女皇が重職に抜擢《ばってき》した者たちは、狄仁傑《てきじんけつ》をはじめとして傑人ばかりだからな」

隆基は、女皇が国老と呼んで厚く遇した名宰相の名前を挙げた。高宗《こうそう》の皇后だったときから、門閥貴族の後ろ盾がなかった女皇は、身分にこだわらず優れた人材を登用した。そのなかでも狄仁傑は、その筆頭であろうと。

「その証拠に女皇が即位してからは、酷吏を重用したせいで血の嵐《あらし》だった宮廷内とはうらはらに、農民反乱は一度も起きていない。女皇の治世に翳《かげ》りが出たのは、狄仁傑が亡くなってからだろうな。それまでは、いくら男寵を囲っても、張兄弟のように国政を壟断《ろうだん》させるようなことはけっしてなかった」

この郡王は、ただの方術オタクではないらしい。冷静に女皇の治世について語る隆基に、詠月は思った。

「だがな、李氏の男子という立場から言えば、伯父や従兄妹たちを死に追いやられた恨みがないわけではない。それこそ李唐帝国《りとうていこく》の宗室は、女皇によって一族ことごとく滅ぼされたと言ってもいいからな。おそらく女皇は、肉親の情なんてものは、いっさい俺たちに対して持ち合わせてないんだろうよ。叔母上――太平公主を除いては」

太平公主への寵愛《ちょうあい》ぶりは、彼女が女皇から与えられている食邑《しょくゆう》からもうかがえると、隆基は言う。

通常皇族に与えられる食邑は、諸王でも千戸にすぎず、公主は三百五十戸がせいぜいだ。しかし太平公主だけは、加増を繰り返し、今では三千戸にまでなっているという。

食邑とはすなわち領地のことである。そこから上がる莫大《ばくだい》な税収のおかげで彼女は、隆基の父である相王などとは比べものにならないほど、豊かな生活を送っているらしい。

さらに女皇は、かつて太平公主が従兄《いとこ》である薛紹《せつしょう》に嫁《か》すに際して、彼がすでに娶《めと》っていた妻を殺した。それもひとえに、愛娘《まなむすめ》である太平公主の初恋を実らせるためである。

「叔母上は女皇にとって唯一の娘だからな。特別なんだろう」

「唯一の娘……」

異常ともいえる女皇の太平公主への愛情に、詠月はその言葉を口のなかで転がした。

宮女たちの間でも、女皇の太平公主への偏愛は有名だった。

もともと女皇は、高宗の皇后だった時代からたびたび朝議に臨席し、玉座の後方にある帳《とばり》の裏より政《まつりごと》の実権を握っていたという。しかし太平公主を産んだあとしばらくはまったく朝堂《ちょうどう》に赴かなくなり、乳母だけに養育をさせるのではなく、手ずから娘を抱いてあやしていたらしい。

その様子は、上の四人の息子たちを産んだときとは明らかに違っていたと、古い宮女たちは口をそろえて言っていた。

結局その後、女皇を疎《うと》んじはじめた高宗が廃后《はいごう》を目論《もくろ》んだことを契機に、臣下に二聖《にせい》と呼ばせて、皇帝と同等にふるまうようになったとはいうが――。

「でも、もうひとりの娘は、殺したかもって……」

「そうだな」

殺害と溺愛《できあい》──。

もし女皇が長女を殺そうとしたのが真実ならば、ふたりの娘の違いはなんだったのだろう。そう思っていると、横たわる女皇の乾きひび割れた口唇がなにかを紡いだ。

「今、なにか言いました……？」

「……いげつ」

思わず女皇の口元に耳を寄せると、たしかにそう聞こえる。

「……いげつ。赦《ゆる》せ……いげつ」

夢を見ているのだろうか。かすれた声でうわ言を繰り返す女皇から目が離せないでいると、隣に立っていた隆基が言った。

「叔母上のことだろう。令月《れいげつ》──叔母上の名前だ」

太平公主の名──。

それほどまでに、太平公主は特別な存在なのだろうか。

赦せ──とは、ふたりの間に、どのようなことがあったのだろう。そんな考えに沈んでいた詠月は、隣にいたはずの隆基が忽然《こつぜん》といなくなったことに気づいて顔を上げた。

「ちょ、なにをしているんですか！」

いつの間にか彼は、部屋の隅にある飾り棚のなかを漁《あさ》っていた。ぎょっとした詠月は、思わず声をもらす。

「探している」

「探してる？　なにをですか？」

　詠月の非難にかまわず、隆基は抽斗《ひきだし》のひとつひとつを開けていき、それが終わると円卓の上に置いてある小物入れまで覗き込んでいく。

「巫蠱《ふこ》の証拠だ」

「はあ⁉」

　またなにを言っているのだ、この方術オタクは。

「巫蠱って、動物を使った呪術《じゅじゅつ》のことでしょう？　なんでそんなものを――」

「そうだ。生き物を使った呪《しゅ》の全般を指す。人を害するために行えばそれは呪《のろ》いとなり、福を得ようとすればすなわち呪《まじな》いになる。古来、宮中では固く禁じられ、人を殺すために行った場合は死罪を免れない」

「その証拠を、どうして女皇陛下の寝房で探すんです？　まさか女皇陛下が行ったとでも？」

　彼の目的がわからず、詠月は眉《まゆ》をひそめた。

「昔、俺の母が、女皇に接見したあとに行方不明になったんだ」

「お母様が？」

「そうだ。俺が十歳になる前に、ある奴婢《ぬひ》の誣告《ぶこく》のせいで女皇に呼び出された。そして嘉《か》豫殿《よでん》で朝見したあと、父の正室である劉皇嗣妃《りゅうこうしひ》と一緒に消息を絶った。女皇は、ふたりはすでに帰ったと言ったが、殿宇から出たところを見た者はひとりもいない」

女皇に殺されたのは明白だと誰もが思ったが、それを口にする者はいなかった。隆基の父親であり、ふたりの夫である相王自身も、追及すれば我が身に危険が及ぶと思ったのだろう。そしてふたりの消息は、闇《やみ》に葬られた。

「だが、殺されたのなら、なぜ死体が見つからない？　母たちがなにか罪を犯したとしても、女皇ならばそれを処罰すればいいだけのこと。誤って殺してしまったとしても、罪状なんていくらでもこじつけられる」

「だから巫蠱だと……？」

少し強引な考えではないかと、詠月は思った。

「もともと女皇は、道観に出家した女冠だったと言っただろう？　そういう知識があったとしてもおかしくはない」

「まさかそれを確認するために、私を利用して、長生殿に入ろうとしたんですか？」

詠月は呆れた。つまり彼は、最初から女皇が巫蠱を行った証拠をつかむつもりで、詠月についてきたのだ。

「おまえの壺中術を見て、男子禁制の長生殿に入れるかもしれないと期待したのは事実だ」

あっさり認めた隆基に、詠月はため息をこぼした。

しかし母への慕情というのならば、詠月にもなんとなくわからないわけではない。

きっと父である相王が妃たちのことを諦《あきら》めても、隆基は母を忘れられなかったのだろう。もしかしたら心のなかでは、死体が見つからない以上どこかで生きているかもしれないと、一縷《いちる》の望みを捨てられないのかもしれない。

「でも、ずっと前のことなんでしょう？」

彼の言うとおり、女皇が巫蠱を行っていたとしても、十年以上前のことだ。

「証拠が残っているとは思えませんよ？　どうして今になって、調べようと思ったんです？」

「俺だって、何度も忘れようと思った。だが、最近になって、迎仙宮のなかで何人もの宮女が行方不明になっていると聞いたんだ」

「知っているんですか？」

まさか皇族である彼が、そんな下々のことに関心を持っていたとは思わず、詠月は驚いた。

「おまえ、誰にも知られず宮城から人がいなくなるということが、どれだけ大変なことかわかるか？　生死にかかわらず、そんな芸当は、それこそ壺中術でも使わないかぎり不可能だ」

「――って、まさか私を疑っているんですか⁉」

いきなり壺中術の話になって、詠月は慌てた。しかし予想していたとおりの反応だったらしく、隆基は落ち着き払った表情のままうなずいた。

「違うんだろう?」

「違います!」

詠月は力いっぱい否定した。

「だとしたら、やはり無理なんだよ」

「でも、内部で彼女たちを城外に出るよう手引きした人がいたら……」

いなくなった宮女たちは、おそらくみな張兄弟と関係を持っていた。そのことを告げようとする前に、隆基が首を振る。

「ひとりならまだしも、複数人を? そんなことできるはずがない。事実、宮女たちが何人か消えたあと、城下も隈《くま》なく捜索されたが、消息どころか目撃したという情報さえ上がらなかった」

「そんな……」

詠月は、言葉を失った。ならば、彼女たちは、どこへ行ったというのだ。

「だけど、だからって巫蠱だなんて……」

それでも、どうにも話が飛躍しすぎている気がして詠月は口ごもる。

「たとえば老衰した女皇が、ままならない自分の身体《からだ》を回復させようとして、宮女たちを贄《にえ》に巫蠱を行ったとしたら？　もし巫蠱でないにしても、おまえの壺中術のように、なにか方術が働いているとしか考えられないね」

「でも……女皇陛下は、ずっと意識がないんですよ？」

思わずそう口にしてから、詠月は気がついた。自分は、女皇が宮女たちを殺したなどと信じたくないのだと。

（だけど、今まで女皇は、たくさんの人を死に追いやってきたじゃない）

そのなかには無実の者も数多くいたはずだ。権力を守るためには手段を選ばない。それが女皇ではないのか。

そう詠月が迷っている間に隆基は、室内を歩きまわり、寝房の隅に置かれた厨子《ずし》の扉まで開けてしまう。

そのなかには、手のひらに載るくらいの小さな仏像が安置されているはずだ。

熱心な仏教徒らしい女皇は、寝たきりになる前は、この仏像へ毎朝祈っていたようだ。

そのことを、これまで幾度となく女皇を覗き続けてきた詠月は知っていた。

「これは……」

「どうしたんですか？」

厨子のなかを漁る隆基が手を止めたことに気づいて、詠月は彼に駆け寄った。すると仏像をずらした下に小さなつまみがあることに気づく。隆基がそれを持ちあげると、そこは小さな物入れになっていて、蓋《ふた》のついた素焼きの壺が収められていた。

隆基は、迷うことなくそれに手を伸ばす。

「っ――」

蓋が開けられたとたん、そのなかに入っていたものに詠月は息を呑《の》んだ。

そこにあったのは、小さな髑髏《されこうべ》――。全体的に黄ばんでいることから、かなり古いものだと推察できる。

「これって……」

まさかと思いながら言葉を失っていると、隆基が首を振った。

「違う。これは人間の頭蓋骨《ずがいこつ》じゃない。たぶん、猫か犬か――。どちらにせよ人のものじゃない」

「そ、そうですよね」

詠月はほっと胸を撫《な》でおろした。

たしかにそれは、人間の頭の骨というにはだいぶ小さい。しかもなにやら牙のように尖《とが》った歯までついている。隆基の話を聞いたせいで、一瞬疑ってしまったが、まさか女皇がこんなところに人間の遺骨を隠し持っているはずがない。

女皇が巫蠱で人を殺したなどと信じたわけではないが、それでも疑惑を聞けば心中穏やかではいられなかった。

「だけど、どうしてこんなものが、厨子のなかに収められていたんでしょう。まるで隠すみたいに」

その不可解さに眉をひそめたとき、急に隆基に腕を引かれる。

「しっ」

突然口元を押さえられ何事かと思ったが、すぐに詠月の耳にも近づいてくる足音が聞こえる。

彼女が心臓を跳ねさせている間に、隆基は手早く厨子の扉を閉めた。そして彼女の手を引くと、牀の陰に引き入れる。

待たずして彫刻の施された扉が開き、女性らしい丸みをおびた人影が室内に入ってくる。詠月たちの気配を感じ取ったのか、隣室に控えていた上官婕妤《じょうかんしょうよ》が様子を見に来たようだった。

「女皇陛下、お加減はいかがでございましょう」

天蓋の羅布ごしに呼びかけるが、意識のない女皇が返事をすることはない。上官婕妤は、そっとそれを開き、女皇の様子をうかがう。そして老女が目を覚ましていないことを確認してから牀を離れた。

その間詠月は、見つかりやしないかと冷や冷やしながら様子をうかがっていた。隣では隆基が、万一のときは上官婕妤の身柄を押さえるつもりで身構えている。

しかし異変はないと思ったのか、上官婕妤はすぐに隣室へと戻り、詠月は詰めていた息を吐き出す。

「どうなることかと思いました……」

足の力が抜けて、へなへなと絨毯に座り込む。

間近で見た上官婕妤は、たしかに美しい女性だった。結い上げられ花の簪《かんざし》を揺らしている髪は黒々として豊かで、色鮮やかに刷《は》いた紅や、その横に入れた流行《はや》りの飾り黒子《ぼくろ》など、この宮中で太平公主と並び称されるのもうなずける。

「あれじゃあ、若い宮女たちが騒ぐのも無理ないですね。女皇陛下について朝堂に行くときは男装しているっていうし――」

上官婕妤に気を取られていた詠月は、ふと顔を上げた。なぜか隆基に、間近でじっと見つめられていたからだ。

「……なにか？」

詠月とて年頃の娘だ。若い男に至近距離で見つめられ、なにも感じないわけではなかったが、相手は皇族――女皇の孫息子である。

「いや、おまえの顔が、一瞬誰かに似ている気がして……」

彼はどこか戸惑った声で、あやふやに言う。

「もしその、そばかすがなかったら――」

「そばかすのことは放っておいてください。女性に容姿のことを言うなんて、失礼ですよ」

そっけなく言って、詠月は伸びてきた隆基の手を振り払った。

そしてどきどきしながら、彼から離れる。気分を害したそぶりで話をそらしたことを、不審に思われないよう祈りながら――。

*

「それにしても、どうしてあなたが絡むと、壺中に映した場所に行くことができるんでしょうね」

上官婕妤が部屋から離れた隙《すき》に、どうにかふたりは女皇の寝房から抜け出すことができた。そして隆基とともに物置部屋に身を潜めた詠月は、壺を探しながら抱いていた疑問を口にする。

「迎仙宮に戻るためにひとりで壺に入ろうとしたときは、手が濡《ぬ》れるだけだったんですよ?」

すると扉に身をつけ廊下の気配をうかがっていた隆基は、あっけらかんと言った。

「意志の強さじゃないか」

「意志？」

「ようはどれだけ強く、そこに行きたいと思っているかだ。それに、はじめにおまえの手が空に浮いて見えたときも、とっさに方術だと思ったからな。絶対に逃がさないと思って引き寄せた」

「なるほど……」

　つまり彼は、それほどこの長生殿に来たかったのだろう。

　それにしても、空に浮かんだ手を見て一瞬で方術だと思い至るなんて、さすがは方術オタクである。

（普通なら、気味が悪いって逃げそうなものなのに。この人にとっては、好奇心が勝ったということかしらね）

　しかしそのおかげで、今日は朝からえらい目に遭っている。詠月としては、いつものようにちょっとしたいたずら心でのぞきを楽しんでいただけなのに、すっかり彼に巻き込まれてしまった。

「私のことを壺オタクって言っていましたが、あなたもずいぶんと、方術に関心をお持ちなんですね」

　遠まわしに方術オタクであることを指摘したつもりだが、なぜか隆基は得意げに首を振った。

「方術ではない。俺が求めているのは、《道《タオ》》だ」

「タオ?」

「《道》とは、宇宙における普遍的な真理のことだ。つまり具象でもなく抽象でもなく、体でも心でもないもの。方術とは、《道》と一体になることで可能になる、その一端にすぎない」

「すみません。さっぱりわかりませんが」

隆基の言っていることが理解できず、詠月は眉をひそめる。

「つまり《道》とは、礼や義をも超越した天道と人道のことだ。森羅万象は、すべてここから生ずる」

「……ええと、もう少し簡単に教えていただけるとありがたいんですけど」

駄目だ。ますます混乱してきた。

「口で説明できるものじゃないんだよ。《道》というのは、学ぶことができても、教わることはできないものなんだ」

「はあ……」

なんなんだそれは――。そう思って適当に相槌《あいづち》を打つと、隆基が苛立《いらだ》ったように声を荒らげた。

「な、ん、で、わからないんだよ⁉　ていうか、それさえわからないやつが、どうして壺中術なんて会得できるんだ！」

そんなことを言われても、彼の話は雲をつかむように曖昧《あいまい》で、どうにも呑み込めないのだから仕方がない。

「くそっ……。そんなんで壺中術を扱えるなんて、不公平だろう……」

納得できない様子で、隆基がぼやく。どうやら方術オタクの彼は、壺中術を操れる詠月に嫉妬《しっと》を感じているらしい。

「そんなこと知りませんよ」

肩をすくめた詠月は、隆基のことは放っておいて壺を探す作業を再開した。正直、方術オタクにかまっている場合ではないのだ。

長生殿は、女皇の寝殿というには驚くほど人が少ないが、それでも殿宇の入り口や建物の周囲は宦官兵《かんがんへい》によって見張られている。ここから抜け出すのは容易ではない。

隆基が女皇の寝房を出るなり詠月に壺を探すように命じたのも、そのせいだ。しかし詠月は、彼のように、それさえあれば外に移動できると簡単には考えられない。

（そんな幸運が、そう何度も続くとは思えないのに。相変わらず、行き当たりばったりな考えというか……）

そう思うが、しかしほかに代案もない以上、今は彼に従うしかない。

「ていうか、お腹《なか》が空きましたね」

ふいに腹が鳴り、手を止めた詠月はため息をこぼした。

ただでさえ昼餉《ひるげ》を食いっぱぐれているのに、このままこんなところにいては、夕餉《ゆうげ》にまでありつけないかもしれない。

「そうだな。さっき女皇の寝房にあった菓子でも失敬してくればよかった」

隆基も同じらしく、腹を押さえてぼやいた。

「しかしおかしいな。さっきからこれだけ探しているのに、壺のひとつも見つからないなんて」

ようやく冷静さを取り戻したらしい隆基は、首を傾《かし》げる。

「そうですね。どの部屋も、甕《かめ》とか鉢はあるのに、壺はまったく見当たらない」

甕も鉢も水を貯《た》めるという用途では一緒であるが、壺はそれらよりも胴が丸く膨らみ、口がすぼまっているという特徴がある。ためしに一度、置いてあった甕で試してみたが、水面に景色を映すことさえかなわなかった。

迎仙宮のなかには、数多くの壺が保管されていることを、陶磁器を管理していた詠月は知っている。しかし女皇は、長生殿ではまったく壺を使用していないようで、しかも鑑賞用としてさえも室内に置いていないようだ。

（まるで、この寝殿から壺が徹底的に排除されているみたい）

そんな違和感に気を取られながら、詠月は焦った。

「どうしよう。このままじゃ本当に消灯の時間に間に合わないかも……」

目当てのものはないと判断して部屋から出ると、廊下の灯籠《とうろう》にはすでに明かりが灯《とも》されていた。冬の日暮れは早い。このままでは、長生殿で夜を過ごすことになってしまうかもしれない。

迎仙宮の外に出てしまったときも困ったが、戻ってきたとしても長生殿から出られないのでは同じことだ。詠月の不在が明るみに出れば、徹底的に捜索され、見つかったときどんな追及を受けるかわからない。

「仕方がないな。俺が騒ぎを起こすから、その隙におまえは先に脱出しろ」

よくも巻き込んでくれたなと思いながら、眇《すが》めた眼差《まなざ》しを向けていると、一応の責任を感じているのか隆基が提案する。

「そんなことをして、あなたは大丈夫なんですか？」

「なんとかなるだろ」

「だけど、皇族でも斬首になるって言ってませんでしたか？」

「そのときは、できるだけ大騒ぎして、外を警護している吏多祚《りたそ》を呼び込む。むしろそのほうが、女皇の病状が明るみに出て好都合かもな。あれは忠義一辺倒の男で、味方にできれば心強い」

またもや行き当たりばったりだが、しかしそもそも詠月が長生殿に閉じ込められる原因を作ったのは、この隆基だ。

「じゃあ、お願いしま――」

遠慮する必要もないと、詠月がそう言いかけたときだった。

「誰か来たぞ――」

人の気配に気づいた隆基が、彼女の腕を引いて口を塞《ふさ》いだ。壁に押しつけられた詠月は、突き当たりの廊下を横切ったその人物に気づいて目を見開く。

「どうした？」

見間違いだろうか。

「今、向こうに――」

解放された詠月は、隆基に説明するのももどかしく廊下を駆けた。そして角に身を寄せ、その人影が歩いていった方向をそっと覗く。

「どうして……？」

なぜ柚鈴《ゆうりん》が、こんなところにいるのだろう。

彼女も詠月と同じく最下層の宮奴で、長生殿への出入りは許されていないはずなのに。

「知り合いなのか？」

追いかけてきた隆基に問われ、詠月はうなずいた。

嫌な予感を覚える彼女の前で、柚鈴はきょろきょろとあたりを見まわし、さっと部屋のひとつに入っていった。その扉には見覚えがある。壺を使ってこの長生殿を覗いていたとき、幾度も目にしたものである。

「おい！」

まさか――。そう思った詠月は、隆基が制止するのもかまわずに走り寄った。

＊

「お会いしとうございました。一日がまるで千秋《せんしゅう》にも感じられて……」

詠月が扉の隙間から部屋の奥をそっと盗み見ると、柚鈴の声が聞こえてくる。

こちらに背を向けている彼女の表情はわからない。しかしその声は、詠月が今まで聞いたことがないほど艶《つや》っぽく響いて聞こえた。

やがて部屋の奥から、ひとりの人物が歩み寄ってくる。男ながらに肌を白くしたその顔を見て、詠月は目蓋《まぶた》を閉ざして天を仰いだ。

（張昌宗《しょうそう》――！）

金襴《きんらん》の衣《ころも》で着飾ったその男は、まさしく男寵である張兄弟の弟――張昌宗だった。

女皇の寝房にほど近いこの部屋は、彼の私室だった。今まで何度か、彼が宮女をこの部屋へ引き入れるのを見たことがある。

（でも、どうしてよりにもよって柚鈴が……）

状況を受け入れたくない詠月の前で、ふたりは抱き合い、口づけを交わしている。

『わたしは嫌よ。このまま若い身空で出家させられるのも、ここで身を朽ちさせられるのも！』

今朝柚鈴が口にした言葉が脳裏に響いて、愕然《がくぜん》とする。彼女はずっと、高貴な人の目に留まって宮城から解放されることを夢見ていたのだ。

（でもだからって、張昌宗となんて――！）

いつからふたりは、このような関係になっていたのだろう。あの男は、信頼に足る男ではないというのに――。

『事実、宮女たちが何人か消えたあと、城下も隈なく捜索されたが、消息どころか目撃したという情報さえ上がらなかった』

そう言った隆基の話が事実ならば、一刻の猶予もないと思った。

どのように説得すれば、張昌宗から柚鈴を引き離せるのか。頭痛のような耳鳴りがするなか、詠月の頭にそれだけがぐるぐると回る。

「へえ。男寵と言いながらあいつ、ほかの宮女とよろしくやってたのか！」

いつの間にか、長身を活《い》かして詠月の上から戸の隙間を覗き見ていた隆基が、茶化すように囁《ささや》いた。

「おまえ、いくらのぞきが趣味でも、このまま男女の情事を覗いているのはどうかと思うぞ」

「なんの話をしているんですか！」

彼にとっては他人事《ひとごと》だとわかっているが、まるで口笛さえ吹きかねない下世話な態度に腹が立ち、詠月はその顔を睨《にら》みつける。

「昌宗様。いつになったらわたしを、この迎仙宮から連れて逃げてくださるのですか？このまま万一女皇陛下が崩御されるようなことがあれば、私は寺観に遣《や》られてしまうかもしれません。そうなれば、昌宗様と離れ離れになってしまいます」

隆基を叱《しか》りつけようとした詠月だったが、聞こえてきた柚鈴の声に、ふたたび部屋のなかへと視線を戻す。

「先ほど孫尚寝《そんしょうしん》に、一昨日はどこに行っていたのかと問われました。もしかしたら、わたしが昌宗様と会っていると怪しんでいるのかも……」

昌宗の胸に頰《ほお》を寄せながら、柚鈴は不安を口にする。

「私と一緒にいたことを、誰かに言ったことがあるのかい？」

「いいえ！」

昌宗の言葉に、柚鈴は首を振った。

「お約束どおり、誓って誰にももらしていません」

「そう。でも、そういうことなら急いだほうがいいかな」

ふと詠月は、そうつぶやいた昌宗の背後に、床を這う黒い靄《もや》のようなものがあることに気づいた。

（なにあれ？）

それはゆっくりとふたりに近づき、やがて柏鈴の足元にまとわりついた。しかし昌宗を見上げるばかりの彼女は、まったくそれに気づいていない。いまだに陶然とした様子のまま、甘い声で昌宗に囁く。

「急ぐ？　では、わたしとともに逃げてくださるのですね？」

「逃げる？　私がなぜ？」

「え？」

柚鈴が張昌宗の言葉に首を傾げたときだった。床を漂っているだけだった黒い靄が、さっと柚鈴の身体を包み込んだ。

「ひっ――」

突然のことに、柚鈴が短い悲鳴を上げた。次の瞬間には、黒い靄になにかをされたのか、床に倒れ込んでしまう。

「なに……？　昌宗様、助けて――」

しかし助けを求めた相手は、睦言《むつごと》を囁いていたそれまでとは打って変わった冷たい声で、彼女に言い放った。

「なぜ私が、宮奴ごときと逃げなければならないんだ。女皇陛下が崩御するかもしれないという、この忙しいときに」

「そんな……」

呆然《ぼうぜん》とつぶやく柚鈴を見て、詠月は手を握りしめた。

親族の罪の連座で幼いころより宮中で育った柚鈴は、少し感情的なきらいはあるものの世話好きで情に厚く、数年前に宮城に上がったばかりの詠月を、なにくれとなく助けてくれた。

世間と少しずれたところのある詠月を、変わった子だと遠巻きにする宮女たちも多いなかで、柚鈴はいつも親切だった。それまで同年代の友人を持つ機会のなかった詠月にとって、明るい彼女の存在がどれだけ救いになっただろう。

「っ、苦し――」

息ができないのか、喉《のど》を押さえて柚鈴が喘《あえ》ぐ。その姿に居ても立ってもいられなくなり、詠月は扉を開け放った。

「っ、馬鹿《ばか》――」

「柚鈴！」

　隆基のつぶやきが小さく聞こえたが、かまわず詠月は柚鈴に駆け寄る。しかし彼女の身体から黒い靄を引《ひ》き剝《は》がそうにも、それは詠月の指をすり抜けてしまい、つかむことさえできない。

「なんだ、おまえ？　見慣れない宮女だな」

　昌宗は突然現れた詠月に驚いたようだが、すぐに舌打ちせんばかりの顔で、彼女を見下ろしてくる。

「柚鈴をどうするつもりよ⁉　この靄みたいなのはなんなの⁉」

　すでに柚鈴は意識もなくぐったりとしている。睨みつける詠月に、昌宗は鼻で笑って言った。

「馬鹿な宮女だな。余計なものを見なければ、おまえももっと長生きできたものを。まあ宮奴など、どうせ生きていたところでなんの意味もあるまいが」

「……あんた、柚鈴の恋人なんでしょう？　どうしてこんな……」

「恋人だって？　たかが宮奴ふぜいが、この私を恋人とは、勘違いもはなはだしいわ」

「なんですって……？」

　昌宗のあまりの物言いに、詠月は愕然とした。

「おまえたちなど、ただの生餌《いきえ》だ。だが男も知らずに命を散らすことを憐《あわ》れんで、その前に少し遊んでやっただけのこと」

「生餌――？」

するとと柚鈴のまわりを取り巻いていた黒い靄が、ざっとあたりに広がった。

「そら、エサがふたつになったぞ。たんと喰《く》って、骨までしゃぶりつくせ」

耳を疑う間にも、黒い靄が襲ってくる。そのとたん、影に入ったように詠月の視界が黒く翳った。

「なに……？」

両肩にずしりと重い感覚がしたかと思うと、黒い影に取り囲まれる。首にまとわりつかれたとたん、絞められたように呼吸が止まった。

（息が、できない――）

そう喘いだときだった。

「何者だ！」

昌宗の声にはっと我に返ると、剣を抜いた隆基が、部屋のなかに飛び込んできていた。

長生殿に忍びこんだことを、張昌宗に知られてはまずいからだろう。彼は布で顔の下半分を覆い、誰何《すいか》の声にも答えない。

しかし詠月にまとわりつく影を斬《き》ろうと剣を振り下ろしても、その刃《やいば》は獲物をすり抜けてしまう。

「なんだ、これ？」

予想外のことに、隆基は頓狂《とんきょう》な声をもらした。そうしている間にも靄は蛇のように形を変えて、今度は隆基の身体に巻きついた。

「こんなのどうしたらいいっていうんだ！」

郡王のはしくれとして、彼もそれなりに剣が扱えるのだろう。しかし実体のない靄が相手では、どんな剣技も役に立つはずがない。

動きを止めた隆基に向かって、顔を覆った布を取ろうとしたのか、横から昌宗が手を伸ばす。苦しげな息をこぼしながらも隆基が剣を一閃《いっせん》させると、小指の下をわずかに斬られたのか、「ひっ――」と昌宗は悲鳴をもらした。

「殺せ！　この男も殺せ！」

感情を高ぶらせ、手を押さえながら叫ぶ昌宗を無視して、隆基が詠月の腕を取る。

「脱出するぞ！」

「どうやって⁉」

「ここにも壺はないのかよ⁉」

隆基は部屋のなかを見まわし、苛立たしそうに叫ぶ。

「あったらこんなに苦労しているはずないでしょう！」

詠月は困ってしまう。もし今、壺があったとしても、運よく移動できるとはかぎらないのに。

(駄目だ、このままじゃ――)

詠月の手が、無意識に腰にある養い親から渡された瓢簞《ひょうたん》に触れる。そのとたん、彼の言葉が耳の奥によみがえった。

『宮中で本当に困ったことがあって、逃げなければならないときには、迷わずこの栓をお抜き』

(今がきっと、そのときのにず――)

詠月はぐっと唇を嚙《か》みしめると、柚鈴の腕を強くつかんで隆基に言った。

「つかまっててください!」

そう叫ぶと同時に、彼女は勢いよく瓢簞の栓を抜いたのだった。

壺中の天地

『詠月《えいげつ》よ。覚えておおき。瓢簞《ひょうたん》とは器だ。水や酒を保存し、運び、そして人の喉《のど》を潤す。すなわち瓢簞とは、太古の壺の姿なのだ』

白髯《はくぜん》の老人が、手のひらに収まるほどの小さな瓢簞を詠月に手渡しながら言った。

『じい様……』

詠月が呼ぶと、もうほとんど見えていない目を向けて、養い親は詠月の頭に手を伸ばす。

皺《しわ》の刻まれたその頰《ほお》には、消えることのない大きな傷があった。

身体《からだ》中にも残るそれら古傷のせいで、幼いころより詠月を慈しんでくれた養い親の命が尽きようとしていることはわかっていた。いかに方術に優れているとはいえ、彼は不死ではないからだ。

『おまえが、母に会ってみたいと思うならば止めはしない。だがもし宮中で本当に困ったことがあって、逃げなければならないときには、迷わずこの栓をお抜き』

これは、詠月が宮中に上がる直前の記憶だ。

宮城に行きたいと言った詠月に、養い親ははじめ賛成してくれなかった。

だけどこのままでは、詠月はたったひとりでこの世界に取り残されることになる。そんなことには耐えられないと、彼へ訴えたときの——。


「っ——」

気がつくと詠月は、日当たりのいい室内にあおむけに倒れていた。

紅《あか》い柱に八卦《はっけ》の描かれた天井板、いくつもの壺を飾った博古架《はっこか》の向こうに見えるのは、道教の最高神格である三清を描いた掛け軸——。

「ここは……」

懐かしさに、詠月は思わず目蓋《まぶた》を閉ざす。

夢ではないだろうか。そう思いながらふたたび目を開くが、それらが消えてなくなることはなかった。

大きく息を吐き出し、無意識に握りしめていた右手を開くと、そこには瓢箪の栓があった。

宮中に上がる前、養い親がくれた瓢箪のものだ。理不尽な出来事に巻き込まれ命が危険にさらされることもあるやもしれぬと、詠月の身を案じて特別に持たせてくれていた。

（そうだ、私……張《ちょう》昌宗《しょうそう》のところから逃げてきて──）

柚鈴《ゆうりん》を助けようとして、黒い靄《もや》に襲われたのだ。しかも昌宗は、その靄に向かって、詠月たちのことをエサと言っていた。

「あれはいったい……」

何だったのかと額に手をやった詠月だったが、はっと我に返って起き上がる。視線を走らせ、横に自分と同じように倒れていた柚鈴を見つけると、慌ててその鼻先に指を寄せた。そしてほっと胸を撫《な》でおろす。

「よかった、生きてる……」

意識はないものの、とくに怪我《けが》をしている様子はない。これならば、少し休めばきっと目を覚ますだろう。

「とりあえず退避できたのか？」

詠月のつぶやきが聞こえたのか、柚鈴の向こうで大の字になっていた隆基《りゅうき》も、意識を取り戻したようである。むくりと上体を起こすと、彼は戸惑った声をもらした。

「……ここは、どこだ？」

隆基は狐《きつね》につままれたような表情を浮かべて、あたりを見まわした。

それも当然だろう。先ほどまで迎仙宮《げいせんきゅう》の長生殿《ちょうせいでん》にいたのに、彼にとってはまったく見知らぬところに飛ばされているのだから。

「ここは、数年前まで私が養い親と暮らしていたところです。あの瓢箪は、この場所とつながっていて、吸い込んだ私たちを移動させたみたいです」

なにかあったら瓢箪の栓を抜け——。

宮中に上がることにした詠月に彼が渡してくれたお守りには、ここまでの道が仕込んであったのだ。

立ち上がった詠月は、懐かしくなって丹塗《にぬ》りの柱を撫でる。小さな道観にも見える佇《たたず》まいのここは、ふたりにとって隠れ家のようなところだった。

「ここにいるかぎり、張昌宗が追ってくることはありません。ここには、誰も入ってこられませんから」

その言葉に、方術オタクである隆基は、ぴんとくるものがあったらしい。

「つまりここは、壺のなかの別天地……ということか?」

隆基の問いに、詠月はうなずいた。

「そうです。ここは、養い親が壺中《こちゅう》に創《つく》り出した、彼の世界です」

彼と詠月は、この世界でずっと、誰にも会わずひっそりと暮らしていたのだ。

「なるほどな」

隆基は、ふらふらと歩きだすと、興味深そうに部屋のなかを見てまわる。彼が奥にある丸窓を開けると、そこには美しい庭院が広がっていた。

「これが、壺のなかの世界だって……？」

見渡す庭院には、桃や李《すもも》などの木が数えきれないほど植えられている。驚いたことに、花咲く季節が重なるはずのないその木々が、一斉に花をつけている。

やわらかな風が吹き、色とりどりの花びらが舞う。その様は、まるで仙境もかくやというように穏やかだった。

「今は、冬のはずだぞ……？」

隆基の驚くとおり、本来であればあと数日で春節を迎えるはずだ。しかし肌に感じる空気は暖かく、まるで春の陽気である。

「ここは、外とは隔絶された世界ですから」

詠月はそう答えると、隆基の開けた窓から身を乗り出す。そして手に届く枝に実った梨《なし》をもぎ取り、そのひとつを彼に差し出した。朝餉《あさげ》以降なにも口にしていなくて、いいかげん腹も喉も限界だったのだ。

「これは……」

詠月から梨を受け取りながら、隆基は目を丸くした。

桃李《とうり》の花が咲いているにもかかわらず、秋に結実するはずの梨が熟しているのも不思議だが、さらに驚いたことに、もがれた枝からすぐに花が咲き、あっという間に新たな果実が生《な》ったからだ。

「『ただ玉堂の厳麗なるを見、旨酒甘肴《ししゅかんこう》その中に盈《み》ちあふれ』――か」

「なんですか、それ?」

「後漢書《ごかんじょ》の一節だ。壺のなかには玉の御殿があって、美酒とご馳走《ちそう》にあふれている――というな。壺のなかの酒を飲んでもいっこうになくならない――という一節もあったな」

「玉の御殿とは、少し違うかもしれませんが……まあ、そうですね。ここにいれば、食べ物に困ることはありません」

果実だけでなく、穀物にしろなんにしろ、いつでもたわわに実っている。川には魚もいるし、ときには迷い込んだ獣を狩ることだってできる。

おそらく養い親にとっては、玉の御殿や豪華な酒食など、興味がなかったのだろう。ただ、詠月と暮らすだけのささやかな日々。それだけが彼の望んだものだったに違いない。

「つまりおまえは、生まれたときから、ここに閉じ込められていたということか?」

閉じ込められる――。そう表現した隆基に、詠月は苦笑した。

「あなたはときどき、びっくりするくらい核心をついてきますね」

普通ならば、飢える心配がないと聞いただけで、すばらしい土地だと賛美しそうなものなのに。

「だってそうだろう？　俺の父は皇位を追われてからずっと東宮に幽閉されていた。東宮にいれば、どんな贅沢《ぜいたく》だってできただろう。だが俺は、父と一緒に軟禁されていた兄弟たちをうらやましいと感じたことはない」

おそらくそれは隆基の本心だろう。

「たとえ家族と離れる寂しさはあったとしても、俺は城外で自由に暮らせてよかったと思っている。だから叔母上に感謝もしているんだ」

隆基の言うとおり、たとえ衣食住が満たされていても、人間はそれだけで生きていけるものではない。

普段は壺部屋にひとりで閉じ籠《こ》もっている詠月だが、そんな彼女であっても、仕事のないときに柚鈴やほかの宮女たちとおしゃべりする時間は、かけがえのないものだ。

しかし養い親とふたりでこの壺中にいたときは、同じ年頃の遊び相手もなく、詠月にできることといえば、ただ壺の水に映しとった外の世界を眺めるだけ――。

まだ若い詠月が、そんな退屈な日々に耐えきれなくなったのも無理からぬことなのだ。

「たしかに私は、この世界の外に出てはならないと養い親に言われていましたけど、それは私の身を案じてのことだってくらいはわかってましたから。それに、幼いころは私も、まだ外の世界にいましたよ」

物心ついたとき、詠月は陶器を扱う古玩《こがん》商のもとにひっそりと預けられていた。養い親は時折そこに詠月を訪ねてきてくれたが、自分が親に捨てられた子供であるらしいことは、幼心にうすうす気づいていた。

養い親の影響もあって、長じるにしたがって壺に愛着を持つようになっていったものの、しかしそれ以外には、詠月もほかの子供ととくに変わったところはなかったはずだ。

しかしある日、傷だらけで詠月を迎えにきた養い親に連れられ、それからずっとここで暮らすようになった。

「たぶん養い親は、逃げてきたんです、宮中から。それから何年もの間、ふたりでここに隠れ住みました。ここにいれば食べるものにも、着るものにも困らない。ここはまさに洞《どう》天福地《てんふくち》とでも言える場所だったから」

(だけど――)

詠月は当時を思い出して瞳を伏せる。

養い親は、外の世界を覗《のぞ》けるよう壺中術を詠月に教えてくれたけれど、それでもこの隔絶され閉じられた世界で、ふたりだけで暮らしていくのは限界だった。ひとり残されるとなれば、なおさらである。

「宮城に上がりたいと言った私を、はじめ養い親は止めました。たぶん彼は、宮中がどんなところか、よく知っていたから。ここにいれば、辛《つら》い目にも危険な目にも、遭うことはないって。だけど私は見てみたかった――」

言いだしたら聞かない詠月に、最終的には養い親も折れてくれた。だが宮中では些細《ささい》なことで命の危険にさらされる恐れもあると承知していた彼は、詠月にあの瓢箪を持たせてくれたのだろう。

「ここを出てからは簡単でした。ちょうどその少し前に、多くの人を冤罪《えんざい》に追い込んでいたらしい酷吏が、断罪されたばかりだったから」

「――来俊臣《らいしゅんしん》のことか？」

「たしかそんな名前でしたね」

詠月はうなずいた。

無実の罪で来俊臣に処刑された者たちの連座で、当時宮城には宮奴《きゅうど》とされた女たちが数多くいた。犠牲者たちの名誉が回復されるにしたがって彼女たちも解放されたため、一時的に宮女の数が不足していたのである。

「そもそも、お妃《きさき》候補として宮中に上がる人と違って、最下層の宮奴なんて、人さらいも同然の者たちに集められますから」

そのなかに潜り込み、首尾よく迎仙宮に配属されることができた。そう詠月は隆基に言った。

「……おまえの養い親とは、いったい――」

「彼はたぶん、女皇に側《そば》近く仕えていた道士です。でもなにかがあって、ある日突然宮中を追われたんだと思います」

この世が李唐帝国《りとうていこく》だったとき、道先仏後と言われたように、道教は厚く遇されていた。しかし武周帝国《ぶしゅうていこく》が打ち建てられる過程で道教は追いやられ、仏教を信奉するようになった女皇によって、多くの道士が宮中を追われた。

みずから皇帝として即位するために、李氏から恩恵を受けていた道教ではなく、道教に追いやられた仏教を利用したのだと見る者もいるが、おそらくそれだけではないだろう。

そもそも女皇は、高宗《こうそう》の後宮に入る前は道観に出家した女冠であったし、もとは道教に傾倒していたはずだ。また洛陽《らくよう》を神都《しんと》と改称し、おのれの住まう宮殿を迎仙宮と呼んでいたところからも、道教への関心が完全になくなったわけではないのだろう。

そしてあの日、養い親が傷だらけで詠月のもとへ現れたことを考えると、女皇の仏教信仰には、ほかにも理由があったのではないかと思う。

むしろ女皇は、道教との決別の後、ほかにすがるものを求めて仏教へと傾倒していったのではないだろうか。

そしてその後は神都の南郊にある奉先寺《ほうせんじ》に巨大な盧舎那仏《るしゃなぶつ》を建造し、その顔をみずからに似せるなど、異常とも思える仏教崇拝を行ったのだ。

「おまえ、養い親の姓は〝袁《えん》〟だと言っていたな。もしや、袁天綱《てんこう》という名前だったか?」

「……知っているんですか？」

まさか隆基が養い親の名を知っているとは思わず、詠月は目を丸くした。

「女皇が幼いころ、彼女がいずれ天に登ると予言した道士だ。祖父高宗の後宮にいるとき、武《ぶ》皇后のかたわらには、壺中術を操る道士がいたとも聞いたことがある」

さすがは方術オタクだ。方術に関《かか》わることは、ひととおり知っているらしい。

「……そうなんですね。おかげで謎《なぞ》が解けました」

養い親である袁天綱が、女皇に対してそのような予言をしたと聞き、詠月は腑《ふ》に落ちた。

『すまぬ。私のせいでそなたには辛い思いをさせて』

口癖のようにそう言っていた養い親は、自分の予言が女皇の野心に火をつけてしまったと、ずっと後悔していたのだろう。もしかしたら袁天綱自身は、女皇が皇帝になるとまでは、予測していなかったのかもしれない。

「先ほどおまえは、ここには誰も入ってこられないと言っていたな」

少し思案の表情を浮かべた隆基の問いに、詠月はうなずいた。

「つまり俺たちは今、ここから出られないということか？」

「……わかりません。以前ここから外に出ることは、養い親にしかできませんでした。私は彼が亡くなる直前に、外の世界に出してもらったんです」

詠月の話を聞きながら、隆基が丹塗りの柱を撫でる。

「袁天綱によって壺中に創られた別天地――か。だが俺は、ずっとここにいるわけにはいかない」

彼は宗室の一員である郡王だ。女皇の命が尽きようとしている今、ここでのんびりしているわけにはいかないだろう。

「……そうですね」

同じようなことを思って詠月も、あの日外の世界に旅立ったのだ。

「どうすれば出られる？」

隆基の問いに、詠月は部屋の隅にあった大きな壺に歩み寄った。

正直自分だけの力で、ここから出られる自信があるわけではない。前回は養い親とともに出て、そして彼はそこで力尽きて死んだからだ。

しかし隆基は言っていたではないか。

壺中術とは、そもそも壺中の天を操る方術なのだと。壺のなかに創りあげた別天地に自在に出入りできる力であり、壺を介して景色を映し込むのはその応用だと。

とするならば、別天地を介してほかの空間とつなげるよりも、壺中から外に出るほうが容易に違いない。

（だったら、きっと私にもできるはず――）

詠月はそう自分に言い聞かせた。

「行きたい場所を、強く頭に思い描いてください。そうすればここから出られるはずです」

なにより隆基は意志が強い。きっと彼が、この世界から出るための指針となってくれるだろう。

＊

壺中に飛び込み外へ通じる道を探していると、壺の内側にいくつもの景色が流れては消えていった。

この壺中天を創り出した、袁天綱の記憶なのだろうか。

あるときは袁天綱が、色白の美しい幼女の人相を見ている光景が見えた。彼が幼女に『いずれ天に登るだろう』と告げると、その父親はたいそう悦《よろこ》び、娘に高名な教師をつけ大切に育てた。

そしてあるときは、可愛《かわい》がってくれた父を亡くし、母とともに異母兄たちに虐げられている少女の姿が映し出された。辛い生活のなかで少女を支えたのは、かつて道士に予言された言葉だった。

やがて成長した少女は、野心を胸に時の皇帝の後宮——長安《ちょうあん》の掖庭宮《えきていきゅう》へと入る。しかし結局、皇帝には見向きもされずに終わってしまう。

しかし彼女は諦《あきら》めなかった。当時宮中に「唐の三世ののちに女主武王なるものが、代わって天下に王となるであろう」という占いが流布したこともあり、それを支えにして皇太子に近づいた。

皇帝と違って気の弱い皇太子は、彼女のはっきりした気性をすっかり気に入り、皇帝の死とともに道観へと遣《や》られた彼女を、みずからの後宮へと呼び戻すのだった。

そして——。

『赦《ゆる》しておくれ。こうするほかにないのじゃ』

黄昏《たそがれ》色に染められた美しい部屋でそう頬を濡《ぬ》らしていたのは、太平公主《たいへいこうしゅ》と見まがうほどに年齢を重ねた女皇だった。

彼女は揺籃《ようらん》で寝ていた赤子の首を絞めながら、「赦せ」とつぶやき続けていた。生まれてからまだ日も浅いのだろう。赤子は小さな手をしきりに揺らしながら、顔を真っ赤にして泣き続けていたが、次第にその声は細く消えていく。

『なにをされておいでです、武昭儀《しょうぎ》！』

突然どこからか、それを制する袁天綱の声が響いた。

昭儀という妃嬪《ひひん》の位で呼ぶからには、これは女皇が高宗の後宮に入って間もなくの出来事だろう。詠月がそう思っていると、壺中から出てきた彼に腕をつかまれた女皇が、泣き叫ぶように言った。

『仕方がないのじゃ。このままでは、妾《わらわ》は生涯皇后になどなれぬ！』

『そのために、自分の子を殺すとお言いか!!』

袁天綱に一喝されると、女皇はためらうように赤子の首から手を放した。とたんに赤子が激しく泣きだすと、狼狽《うろた》えたように彼に訴える。

『……この子は女子《おなご》じゃ。役には立たぬ』

女皇は高宗の後宮に入るが早いか、すでに長子と次子を相次いで産んでいた。しかし皇太子には、すでにほかの妃《きさき》が産んで王《おう》皇后が後ろ盾となっている高宗の長男――李忠《りちゅう》が立てられている。

高宗は道観から呼び寄せた女皇をひたすらに寵愛《ちょうあい》していたが、とくに非のない王皇后の廃后には消極的だった。とくに高宗の伯父で後ろ盾でもある長孫《ちょうそん》無忌《むき》をはじめとして、武昭儀の皇后冊立には反対する者が数多くいた。

『妾は、皇后になりたいのじゃ。誰にも取り上げられることのない力が欲しい。そうでなければ幸せなどすぐに消えてしまう！』

幼い日の幸福が、父が亡くなって潰《つい》えたように――。

身の内からしぼり出すように女皇がそう吐露すると、袁天綱は少し声を落とし、首を振って説き聞かせる。

『だからといって、それが姫君を手にかける理由になどなりましょうか』

『先ほど王皇后が、この子をあやして帰っていった。今この子が死ねば、王皇后が殺したことになる』

『なんということを……』

しかし昱后になるためにおのれの娘を縊《くび》り殺し、その罪を邪魔な王皇后に擦《なす》りつけようという女皇に、袁天綱は絶句した。

『貧道《わたくし》が、あのような予言をしたせいですか？　そのためにこんな……』

袁天綱は肩を震わせると、思いあまったように壺のなかに手を入れる。そしてそこから赤子と同じ背丈ほどの青竹を取り出すと、女皇に差し出した。

『これは……？』

『これを遺体として葬りなされ。ほかの者には姫君に見えましょう』

なんらかの術をかけたのだろう。女皇にもそれが娘に見えるのか、素直に青竹を受け取った。

『姫君のことは、死んだものとお思いくださいませ』

そう言って袁天綱は、泣き続ける赤子を抱え上げて壺中へと消える。

しばらく放心したように座り込んでいた女皇は、やがて涙を拭《ぬぐ》うと、取り憑《つ》かれたように青竹に娘の服を巻きつけはじめた。それを布団のなかに隠し、ほどなくしてやって来た高宗を素知らぬ顔で迎える。

そして女皇は、娘の顔を見たいと笑みを浮かべる高宗に従って赤子を抱き起こし、悲鳴を上げる。

『吾子《あこ》が息をしておりませぬ！』

不思議なことに、高宗をはじめ侍医たちも、ひとりとして揺籃に横たわるそれを青竹と疑う者はいなかった。

また場面が切り替わった。

『そなたが言ったのではないか！　あの子は死んだと！』

先ほどよりもはるかに広く豪奢《ごうしゃ》な部屋のなか、烈火のごとく怒った女皇が、高杯を床に叩《たた》きつけた。玻璃《はり》でできたそれは砕け、きらきらと燭台《しょくだい》の光を弾《はじ》きながら散った。

『皇后……！』

いくぶん年齢を重ねている様子の女皇に対して、袁天綱の外見にはほとんど変化がなかった。しかしふたりの関係は、それまでの袁天綱が女皇を教え導くようなものから、いつしか変貌《へんぼう》しているようだった。

『そう。妾は皇后となった！　もう妾は、身分低い昭儀ではない。王皇后と蕭淑妃《しょうしゅくひ》も死に、もはや妾を害することはできぬ。立后に反対していた長孫無忌も！　妾の邪魔をする者はすべていなくなった。今こそ失った吾子を取り戻すときなのじゃ！』

そう叫んだ女皇の足元には、頭部のない猫の遺骸《いがい》が転がっていた。たった今斬《き》られたと思《おぼ》しき首からは、どくどくと血が流れている。

『そのために巫蠱《ふこ》を行ったと？　馬鹿《ばか》な、なんと危険なことをなさったのか！　それに、身勝手とはお思いになりませぬのか？　一度は役立たぬと捨てた命を……』

『馬鹿なものか！　このおかげで、妾の胎《はら》には今、子が宿ったはずじゃ！　今度こそ女児に違いない』

榻《とう》に寄り掛かりながら女皇は、まだ膨らんでもいない腹を撫で、それまでとは打って変わった猫なで声で話しかける。

『母はそなたが戻ってくるのをずっと待っておったのじゃ。次こそはそなたと思うても、生まれてくるのは男ばかりで、何度失望させられたことか。母に怒っておったのか？　じゃが、そなたは生まれてくるのが早すぎたのじゃ。今ならばそなたに、手に入らぬものなどない、完璧《かんぺき》な人生を歩ませてやれるでの』

女皇が浮かべる笑みには、母の慈愛が満ちていた。

『……死んだ人間は生き返りません。もし巫蠱でなにかが胎に宿ったとすれば、それは血に引き寄せられた禍《わざわい》――』

袁天綱の言葉が最後まで紡がれることはなかった。

『そなたにもう用はない。消えよ』

胎に向かって話しかけていたときとは打って変わった羅刹《らせつ》のような顔で、女皇が言ったからだ。そのとたん衝立《ついたて》の陰から矢が飛んでくる。袁天綱が茫然《ぼうぜん》とおのれの頰に触れると、そこは血で汚れていた。

『母が悪かった。のう、赦せ……よ。今度こそ、この母が可愛がってそなたを育ててやろうにの』

ふたたび射かけられた矢で手にしていた壺を割られた袁天綱は、女皇の声を背後に聞きながら、なすすべもなく部屋から逃げた。

そして飛び込んだ隣室に飾ってあった陶器の壺を使って、命からがら宮城を抜け出したのだった――。


光景が、映し出されては消えていく。

これは、袁天綱が見つめ続けていた女皇の半生なのだろう。

太平公主が生まれたとたん女皇は、片時も娘から離れなくなり、しばらく政《まつりごと》からも遠ざかった。乳母まかせにすることなく幼い太平公主をあやす女皇の顔は、母としての喜色に満ちていた。

しかしその幸せは続かない。

はじめは彼女の政治的手腕を悦び必要としていた夫の高宗が、次第に彼女の助言を疎《うと》んじるようになっていたからだ。そして彼女から心を離し、彼女の姉である韓国《かんこく》夫人だけでなく、姪《めい》の魏国《ぎこく》夫人までを寵愛しはじめる。それどころか、いつしか上官儀《じょうかんぎ》という宰相と謀《はか》って彼女の廃后まで目論《もくろ》んでいた。

廃后は阻止したが、その数年後には長子の李弘《こう》が亡くなった。王皇后や蕭淑妃、そして皇后になりたいと目論んだ姪の魏国夫人——。政敵だけでなく、邪魔になった者を次々に殺していく母の非道に、次第に精神を病んでいった結果のことだった。

そして次子である李賢《けん》も、兄と同じように母に恐れをなし、素行が乱れて廃太子となる。幽閉された後、精神的にも追い込まれた彼は、配流先で自死してしまう。

失うものが増えていけば増えていくほど、女皇はさらなる権力を得ようとのめり込んでいく。

まるで我が手から零《こぼ》れ落ちた女としての幸福の、代わりとするように——。

神龍革命

「寒い……」

気がつくと詠月《えいげつ》は、絨毯《じゅうたん》の上に四肢を投げ出して倒れていた。

どのくらい倒れていたのだろう。屋内にいるようだが、床に寝転んでいたせいで身体《からだ》がすっかり冷えてしまっている。

「ここは……？」

寒さを感じるからには壺のなかではなさそうだが、いったいどこに出たのだろう。

壺から出られたことに安堵《あんど》の息をもらしながら、詠月は身震いして起き上がった。暗くてなにも見えないが、少なくとも迎仙宮《げいせんきゅう》ではないようだ。絶えず香を焚《た》いている宮中とは、空気の匂《にお》いがまったく違っている。

「相王府《しょうおうふ》にある俺の部屋だ」

闇中《あんちゅう》からふいに声がしたと思うと、開いた扉から廊下と思われるところの光が射《さ》し込んだ。まぶしさに目をかばっているうちに、誰かが出ていく気配を感じる。やがて光に慣れた目が、灯りを手に戻ってきた隆基《りゅうき》の姿を捉《とら》えた。

「相王府……」

女皇の四男である、相王の屋敷——。

つまり、隆基が日常暮らしているところだ。壺中《こちゅう》を出るにあたって、彼は自宅に戻ってくることを願ったということか。

隆基が吊《つ》り灯籠《どうろう》や燭台《しょくだい》に明かりを灯《とも》していくにしたがって、あたりの様子が見えてくる。

落ち着いた雰囲気の部屋だ。上質だが飾り気のない調度の数々が置かれ、棚には大量の書物が無造作に重ねられている。またほかの棚の上には、銅鈴や符呪《ふじゅ》、小豆や糯米《もちごめ》が盛られた皿がいくつも並んでいた。

棚にあるものに対して「さすが方術オタクの部屋ですね」とは口にせず、詠月は横に倒れていた柚鈴《ゆうりん》に気づいて、その無事を確認する。

さて、出てこられたのはいいけれど、これからどうしたものか。

(張昌宗《ちょうしょうそう》に顔を見られたからには、迎仙宮に戻るわけにもいかないし……。そもそも部屋に戻らない私と柚鈴を捜して、迎仙宮では騒ぎになったに違いないわね)

結局こうなってしまったと、詠月がため息をこぼしていると、隆基が棚のなかを探りながら言った。

「もう一度、長生殿《ちょうせいでん》に行くぞ」

「ええ⁉」

そもそも壺中に入ったのは、そこにいる得体の知れない靄《もや》から逃れるためだったのに、なぜまた行く必要があるのか。

「嫌ですよ。なんでそんな――」

「張昌宗が迎仙宮のなかで妖魔《ようま》を飼っていると知った以上、放っておくわけにはいかないだろう」

「それは、そうですけど……」

このままでは犠牲者が増えるだけだと話す隆基に、抗議しようとした詠月は口ごもる。しかしだからといって、自分たちになにができるというのか。

「……誰か、力のある道士に、まかせたらいいじゃないですか」

「あれをどうにかできる道士なんて、今の宮中にいるものか。名のある道士は、みな女皇が放逐してしまったはずだ」

袁天綱《えんてんこう》と袂《たもと》を分かったあと、仏教に傾倒した女皇は、そうして少しずつ道観や道士の力を削《そ》いでいったのだ。

「じゃあ、僧とかは？」

「仏僧にも、加持祈禱《きとう》ができる者はいるのかもしれないが、俺は知らない」

方術オタクの隆基には、専門外ということか。役に立たないと詠月が顔を引きつらせていると、隆基が視線を落としてつぶやいた。

「俺の母も、ああやって妖魔に喰《く》われたのかもしれない……。死体が見つからないのがそのせいだとしたら――」

母のことを口にされると、詠月もなんとなく強く出ることができない。

一で、でも、張昌宗が女皇に仕えるようになったのに、七、八年前からですよ。お母上たちが消えたのは、それよりも前なんじゃないですか?」

沈痛な表情を浮かべる隆基に、詠月は言った。

隆基は、母親が嘉豫殿《かよでん》で行方を断ったのを、十歳になる前だと話していた。となれば、死体が残らないという共通点があったとしても、そのころにはまだ宮中に上がってさえいなかった張昌宗と、関係があるとは思えなかった。

「わかっている……。だがあの妖魔が、張昌宗と一緒に宮中に入り込んだとはかぎらないじゃないか。その前から、宮城に巣食っていた可能性だってある」

母の失踪《しっそう》の真相を知りたい隆基は、諦《あきら》めきれないらしい。

「待ってください。いずれにしても、今がいつなのか確認するのが先です」

居ても立ってもいられない様子で部屋を出て行こうとする隆基を、詠月は慌てて引き留めた。そして窓を開けて、空に浮かぶ月を見上げる。

「どういうことだ？」

「壺のなかの世界は、外とは時間の流れが違うんです。たった一日過ごしただけと思っても、外の世界では何年も経《た》っていたということもあります」

「——つまり俺たちは、長生殿に入って以降、何日も行方不明になっていた可能性があるということか？」

相変わらず察しのいい隆基に、振り返った詠月はうなずいた。

壺中に長く留まったつもりはないが、それでもこちらの世界で数時間ということはないだろう。長生殿から壺中へ逃げ込んだのも夜だったが、しかしそのときよりも月が明るい気がする。

「……壺のなかの世界は、外とは時間の流れが違う、ね」

隆基はその言葉を嚙《か》みしめるように口のなかで転がすと、詠月に向き直って探るような眼差《まなざ》しを向けた。

「おまえ、何者なんだ？」

そう隆基に問われ、詠月はどきりとする。

「ただの、のぞきが趣味の壺オタクではないな？」

「……どういう、意味でしょう。私は……迎仙宮に勤める、ただの宮奴《きゅうど》ですが——」

とぼけて答えると、彼はきりりと切れ上がった双眸《そうぼう》をますます眇《すが》めてくる。

「後漢《ごかん》時代の費長房《ひちょうぼう》の話をしたのを覚えているな？　あの話には続きがあってな。壺中から帰ってきた長房は、壺公《ここう》に仙道を学びたいと頼むんだ。そして深山に入っていろいろな試練を壺公から与えられるんだが、最後に果たせずに帰郷する。すると壺公とともにいたのは十日程度のはずなのに、郷里では十数年の月日が経っていたそうだ」

「……そうなんですか」

とうとうと語りだした隆基に、詠月は彼がなにを言わんとしているのか見極めようと、曖昧《あいまい》に相槌《あいづち》を打った。

「おまえはあの壺中のことを、洞天福地《どうてんふくち》のようだと言ったな？　洞天とは、神仙が住む地のことだ。そして福地とは、とくに仙人の修行地を指す。費長房が壺公と入った深山も、いわゆる神仙の住まう洞天福地なんだろう」

彼は気づいてしまったのかもしれない。

迷いのない口調で続ける隆基に、危機感とも焦燥感ともつかぬものが詠月の胸中にじわじわと広がっていく。

「洞穴というのは、ちょうど壺を横にしたような形状をしている。どちらも絞られた壺口――つまり出入り口があり、その奥には大きな空間が広がっている。すなわち、壺中天と洞天は同じものなんだ」

「……なにが、言いたいんです？」

「おまえは、あのとき女皇に殺されそうになった赤子――安定公主《あんていこうしゅ》なんだな？」

もはや問いですらないそれに、詠月は唇を嚙みしめた。

「壺を抜けるとき、いろいろな景色が見えた。全部を覚えているわけではないが、女皇が殺そうとした赤子を、道士が連れていった。あれはおまえなんだろう？」

常識で考えれば、二十歳そこそこにしか見えない詠月が、齢《よわい》八十を越えた女皇の娘――安定公主のはずはない。皇太子や相王の姉である安定公主は、生きていれば五十歳を過ぎているからだ。

「さっき、おまえが言ったんじゃないか。壺のなかは外と時間の流れが違うのだと。おまえは女皇に殺されそうになったあと、袁天綱に助けられて城外に逃れたんだ。その後、時間の流れが緩やかな壺中で過ごしたとしたら、おまえが安定公主だとしても、なんら不思議はない」

確信に満ちた声で話す隆基に、詠月は答えなかった。自身でも、なんと答えてよいかわからなかったのだ。

「……まあいい」

黙り込んだ詠月から、隆基は視線をそらした。追及を諦めたというよりは、彼女の向こうに見える庭院の様子がいつもと違うことに気づいたからだ。

「あとで答えを聞かせてくれ」

そして窓に駆け寄った隆基は、いつも以上に松明《たいまつ》の焚かれた相王府の様子に、今はそれどころではないと眉《まゆ》を寄せたのだった。

隆基が詠月を連れて向かったのは、相王府の正庁にあたる部屋だった。煌々《こうこう》と明かりが灯された室内には、隆基と同じ年頃の青年たちが三人集まっていて、しかもなぜかみな鎧《よろい》をまとっている。

「隆基⁉」

ふたりが正庁に足を踏み入れたとたん、彼らは一斉に隆基へと視線を走らせた。そのなかのひとり、がっしりとした体つきの青年が、駆け寄ってきて隆基を怒鳴りつける。

「おまえ、いったいどこに行っていたんだ！　しかもこんな大変なときに――」

「二哥《あにじゃ》――」

隆基がそう呼ぶからには、青年は相王の次男である衡陽郡王《しょうようぐんおう》――李成義《りせいぎ》なのだろう。鋭く質《ただ》したものの、その表情からは弟を案じていた様子がうかがえる。

「二哥、その格好はいったい――」

答えられない隆基が逆に訊《たず》ねると、成義は隆基の両肩をつかみ、神妙な顔つきで言った。

「宰相の張柬之《ちょうかんし》殿が兵を挙げる。張兄弟を討つんだ」

「張兄弟を……！」

決意のにじんだその言葉に息を呑《の》んだのは、隆基だけでなく詠月も同じだった。

女皇の威を借りて専横を続ける張兄弟と、朝臣《ちょうしん》たちが対立しているのはもちろん知っていた。しかし、いくら宮中の出来事を壺中に映して覗《のぞ》いていたとはいえ、宮城に上がって以来、迎仙宮から一歩も出たことのなかった詠月は、事態がそれほどに逼迫《ひっぱく》していると は思ってもみなかったからだ。

「さあ、だから三哥《あにじゃ》も早く戦支度をして」

「父上には、家出のことを一緒に謝ってやるからさ」

それぞれ母は違うはずだが、仲のよい兄弟たちなのだろう。突然現れた隆基に向け、成義だけでなくほかの兄弟たちも促してくる。

家出をしたわけではないが、真実を話すわけにもいかない。そう判断したのだろう隆基は、次兄に向かって訊ねた。

「その前に二哥、教えてくれ。今日は何日なんだ？　俺はどれくらい、屋敷に帰ってこなかった？」

「おまえ、なにを言っているんだ？」

弟の唐突な問いに気でも触れたと思ったのか、成義は片眉《かたまゆ》を上げた。

「いいから教えてくれ。今日は何月何日なんだ」

「──神龍《しんりゅう》元年の正月二十一日だ」

隆基の問いに答えたのは、次兄の成義ではなく、廊下から正庁に入ってきた青年だった。

「大哥《あにうえ》──」

彼の長兄である寿春郡王《じゅしゅんぐんおう》の李成器《せいき》である。

知的で穏やかな気性をうかがわせる彼のことは、詠月も知っている。相王が李唐帝国《りとうていこく》の皇帝であったわずかな期間、皇太子だったこともある青年だ。

「神龍……？　昨年は、長安《ちょうあん》四年ですよね？」

嫡男というだけでなく、兄弟たちのなかで、ひとりだけ歳《とし》が離れているせいもあるのだろう。隆基も彼には敬語で話すようである。

「あたりまえだろう」

成器が訝《いぶか》しげな表情を浮かべながらも答えると、隆基と詠月は顔を見合わせた。

昌宗が飼う妖魔から逃げるために、詠月と隆基が壺中に入ったのは、長安四年の年末だった。壺のなかの別天地にいたのはほんのわずかな時間だったはずなのに、すでにひと月近く経っているということである。

「隆基──」

衝撃を受けていると、隆基に向かって落ち着いた声がかかった。視線を向けると、鎧をまとった壮年の男が、威風堂々とした武人をともない正庁に姿を現すところだった。

「父上――」

隆基はさっと駆け寄ると、相王李旦《たん》に向かって跪《ひざまず》いた。

「隆基よ。そなたが迎仙宮から出てこないと侍衛《じえい》たちから聞いて、どれだけ案じていたか。いったい今まで、どこにいたのだ」

「……申し訳ありません」

「母皇や張兄弟に捕らえられていたのか？」

頭を下げながらも、どこにいたとの問いに答えられない隆基は、ただ首を振った。

「……俺が迎仙宮に立ち入ったことは、女皇陛下をはじめ、張兄弟にも覚《さと》られていません」

「……そうか。……ならば、よい」

口を割ろうとしない息子に無理強いすることはなく、相王はうなずいてそれ以上追及しなかった。

その姿は、息子を信頼し温かく見守る、よき父親そのものに見えた。

（もっと気の弱い、優柔不断な人だと思ってたけど――）

相王のことも詠月は、幾度となく壺を通して見てきた。母に逆らうことができない気の弱い君主だったと噂《うわさ》されているとおり、これまではそんな印象しか、彼に抱いてこなかった。

しかし今、目の前で鎧をまとい颯爽《さっそう》と立っているのは、柔和でありながらもけっして他者に流されることのない、柳のようなしなやかさを持つ男だった。もしかしたら相王は、母皇から身を守るために、暗愚を装っていたのかもしれない。詠月は、はじめてそう思い至った。

「すでに兄たちから聞いたな？　これより、宰相の張柬之とともに張兄弟を討つ」

相王は事の経緯を息子に向かって説明した。

女皇が臥《ふ》せって以降、張兄弟による国政の壟断《ろうだん》はますますひどくなった。女皇の生死も定かではない状況で、このままでは張兄弟によって国家が簒奪《さんだつ》されると危ぶんだ宰相の張柬之が、とうとう立ち上がったのだという。

年が明けた先日、張柬之はまず右羽林衛《ゆううりんえい》大将軍である吏多祚《りたそ》を味方に引き入れた。そして迎仙宮を守護する左右羽林軍の諸将を、彼らに賛同する者たちに次々と入れ替えていったらしい。

「張柬之は、母皇に退位を促した上で、太子である兄上を皇位に就けるつもりだ」

「伯父上を――？」

隆基の伯父とはすなわち、東宮にいる女皇の三男――李顕《けん》のことである。彼は李唐帝国の皇帝として一度は皇位にあったが、母である女皇に廃位させられ、数年前まで配流の憂き目にあっていた。

張兄弟を除くだけでなく、この機に女皇から皇位を取り上げ、李唐帝国を復活させようという計画を聞き、詠月は目を見開いた。

「そうだ。私はこれから、この相王府司馬《しば》の袁恕己《えんじょき》とともに南牙兵《なんがへい》を率いて、城下にいる張兄弟の党類を捕らえに向かう。宰相の韋承慶《いしょうけい》と房融《ぼうゆう》、そして司令卿《しれいきょう》の崔神慶《さいしんけい》らだ。兄たちとともに、おまえも一緒に来るんだ」

後ろに控える偉丈夫に視線をやりながら話す相王に、隆基は跪いたまま訴えた。

「俺は、迎仙宮へ向かいます」

「なに？」

「俺には今、やらなければならないことがあるのです」

「……いいだろう。令月《れいげつ》も、羽林軍の軍営がある玄武門《げんぶもん》に向かっているという。おまえはそちらに合流せよ」

「は――」

令月――太平公主《たいへいこうしゅ》も、女皇を退位させるこの挙兵に、賛同しているということを聞き、詠月は衝撃を受けた。

病状が篤《あつ》い今の状況では、たしかに女皇は、退位したほうがいいのかもしれない。しかし――。

（自分を誰よりも可愛《かわい》がってくれた母親を、退位させるつもりなの……？）

太平公主を手ずから抱きあげ、あやしていたときの女皇の笑顔が頭に浮かび、詠月はやりきれない思いにさせられる。

しかしそんな詠月の内心に気づくことなく、隆基は後ろに控えていた彼女を振り向いて言った。

「行くぞ。迎仙宮へ」

「私は……」

考えてみれば、詠月には隆基とずっと行動をともにしなければならない理由はないはずだ。

宮中の奴婢《ぬひ》であっても、詠月は彼に仕えているわけではない。壺中術が多少使えるということで、彼に利用され、いろいろ巻き込まれただけ。ならば、女皇を玉座から引きずりおろす計画に、加担する必要はないではないか。

「女皇のそばにあの化け物がいるのを、放っておくつもりか？」

しかし、隆基の言葉に詠月ははっとする。

「だけど、どうやって？」

「どうにかなるだろ」

隆基は、相変わらず行き当たりばったりだ。

「どうにもならないから、養い親に渡された瓢簞《ひょうたん》を使って壺中に逃げたのに……」

そう声をもらした詠月だったが、はっと腰元に手をやる。

そこには慣れ親しんだ瓢簞の感触はなく、長生殿から抜け出すときに握りしめていた栓だけがある。本体は、おそらく張昌宗の部屋に転がったままだろう。

「もしかしたら、どうにかなるかも……」

もう、とっくに処分されているかもしれないけれど──。

「なら行くぞ」

当然のように顎《あご》をしゃくった隆基に、詠月はためらいながらもうなずいた。

＊

宮城の北門にあたる玄武門には、千騎、五百余の兵士が集まっていた。

すでに日付は変わり、神龍元年の正月二十二日になったころである。

よく晴れた夜で、天には無数の星々が煌《きら》めいている。そして地上には、その瞬きを映したように、彼らの持つ松明《あか》の灯りが続いていた。

彼らを率いた宰相──張柬之は、まずは右羽林衛大将軍である吏多祚らを東宮に遣わして、太子である李顕を首魁《しゅかい》に担いだ。

「本当に大丈夫なのかのう？　このようなことをして、母皇の怒りに触れるようなことはあるまいのう？」

しかし、齢《よわい》五十にもなる皇太子は、不安そうな表情を浮かべ、この政変の首謀者である張柬之にしきりに訊ねている。

物々しい雰囲気に、さすがに言葉もなかった詠月だったが、その情けない様子には呆《あき》れるしかない。

聞けば、はじめ吏大将軍たちが東宮に迎えに行ったとき、自分を陥れる謀略と疑った皇太子は、怯《おび》えて殿宇の奥からなかなか出てこなかったらしい。そこを吏大将軍が引き立てるようにして、玄武門まで連れてきたのだという。

（相王と違って、こちらは本当に気が弱いのね……）

それとも十数年に及ぶ配流は、それほどに彼の心を苛《さいな》んだのだろうか。母に殺されるやもと怯えつつの田舎暮らしで、すっかり臆病《おくびょう》な性格になってしまったのかもしれない。

しかし恰幅《かっぷく》のよい身体で馬にしがみついて震えている姿に呆れたのは、詠月ひとりではないだろう。そんな皇太子を、輿《こし》に乗って後ろからついてきた女性が叱咤《しった》する。

「あなた、しっかりなさいませ！　ここで立たねば、いつ立つというのです！」

皇太子妃である韋《い》氏だ。こちらのほうがよっぽど肝が据わっている。この妃《きさき》のおかげで皇太子は、配流された長い年月を耐えることができたともっぱらの噂である。

そしてふたりの近くには、輿に乗った太平公主の姿もあった。

「兵を進めよ！　右羽林大将軍の武攸宜《ぶゆうぎ》の動きから目を離すでないぞ！」

年齢を感じさせない美貌《びぼう》の主は、張東之が羽林軍の将軍たちを入れ替える際に張兄弟の目を欺くために任命したという彼らの党類の名前を挙げ、きびきびと兵士たちに檄《げき》を飛ばしている。

もともと容姿も性格も、母皇にもっとも似ていると言われた娘だ。兄である皇太子の気弱さとは対照的だった。

（あれが太平公主……）

女皇が誰よりも寵愛《ちょうあい》している娘――。はじめて直接目にするその姿に、詠月は複雑な思いに駆られた。

（相王の話では、政変に加わったのは、偉大な母皇が晩節を汚すのが耐えられないって思いかららしいけど……）

それでも、彼女を前にした詠月の胸には、渦巻き、揺れる感情がある。

詠月が望んでも、けっして得られなかったもの。それを手にしながら、母皇を裏切る彼女への――。

太平公主だけではない。皇太子も、相王も――。女皇の生存している三人の子供たちが、みな政変に加わり、母に退位を促そうとしていることに、詠月は複雑な思いを抱かざるをえなかった。

「奸臣《かんしん》である張兄弟を除くのだ！」

八十歳をとうに越えている張柬之が、枯木のような老体からとは思えない力強い声を発した。彼の声に、玄武門の前に集まっていた兵士たちが唱和する。そして彼らは、鬨《とき》の声《こえ》を上げて一気に宮城内へなだれ込むと、迎仙宮の門を打ち破った。そして何事かと逃げまどう宦官《かんがん》や宮女たちにかまわず長生殿へと突き進んだ。

しかし迎仙宮へと兵が入ってしばらくしても、長生殿の扉が開いたとの報告はなされなかった。取って返してきた指揮官のひとりが、迎仙門の前で待機していた張柬之に告げる。

「殿宇の扉は固く閉ざされ、槌《つち》を用いて突破することを試みておりますが、びくともしません！」

「どういうことだ？」

「わかりません！」

説明できない状況に、兵士たちの間に狼狽《ろうばい》が広がる。それを見ていた隆基が、そっと詠月に話しかけた。

「行くぞ」

はじめから妖魔と対峙《たいじ》することを目的としていた隆基は、周囲の者たちと違って鎧をまとっていなかった。彼いわく『意味がないし、かえって重たくて動きづらい』とのことだった。その代わり彼は、一振りの剣を手にしている。

「……やっぱり行くんですか？」

「あの化け物が、兵を長生殿のなかに入れないようにしているんだろう。やはり取り除くしかない」

妖魔と対峙することにいまだに気が進まない詠月は、ここに来るまでに隆基の気が変わることを期待していたが、無駄だったらしい。

しかし扉が開かない以上は、壺中術を使って長生殿に忍びこむしかない。

（これまで偶然とはいえ何度か移動してみて、なんとなく感覚はつかめた気はするけど……）

自信はなかったが意をけっした詠月は、隆基とともに迎仙門から離れた。そして彼が命じて持ってこさせていた壺に長生殿を映し出す。

はたして張兄弟は、私室として彼らに与えられているあの部屋にいた。兄である易之《えきし》も一緒だが、あの黒い靄《もや》のような妖魔は見当たらない。

「いいか、絶対に扉を開けてはならぬぞ！」

「しかし、こう取り囲まれてしまえば、時間の問題かと――」

上ずった声で命じた張昌宗に、宦官兵が怯えたように言う。

その間にも詠月は、視線を動かし目的のものを探した。そして部屋の片隅に置かれた榻《とう》の下に、養い親である袁天綱からもらった瓢簞が転がっているのを見つける。

まずはあれを回収しなければ――。

「いいから、絶対に扉を開くな。もし内から開けようとする者がいれば、そいつを殺せ！」

頭《こうべ》を垂れた宦官兵が、逃げるように張昌宗の私室から出て行った。

「行きますよ」

「おう」

今しかないと思った詠月に、隆基がうなずく。腕をつかんでくる彼の手に勇気づけられた気がして、詠月は壺口に指先を差し入れた。そして一気に壺口へと頭を潜り込ませる。

めまいのような感覚がしたのは一瞬だった。気がつくと詠月は、夜空の下ではなく、豪華に飾り立てられた室内に立っていた。

女皇の居室近くにある、張昌宗の私室である。

「な、おまえたち、どこから入ってきた⁉」

顔を向けると、張昌宗が突然出現した詠月と隆基に、狼狽した声をもらしている。

「この長生殿は、すでに兵に囲まれている。大人しく捕らえられるんだな」

腰につけていた剣を、鞘《さや》に入ったまま昌宗の眼前に突き出し、隆基が言う。その間に詠月は、部屋の奥にある榻へと駆け寄った。

「冗談じゃない！　捕らえられてなどやるものか！　我らの意を受けた兵たちが、すぐに異変に気づいてやって来る。それまでここに籠《こ》もっていればいいことだ！」

動揺していた張昌宗は、開き直ったように言った。そしてふいに訝《いぶか》しげな表情を浮かべ、詠月と隆基を見比べてせせら笑った。

「なるほど、郡王様が先日の賊でありましたか。またお戻りになるとは、ずいぶんと命知らずな方だ。なあ、兄者――」

張昌宗は、横で黙って佇《たたず》む兄の易之に、そう声をかけた。

一方詠月は、榻の下に瓢箪を見つけながらも、なかなか奥まで手が届かない。そうしているうちに不穏な空気を感じて振り返る。

「張易之……？」

隆基が怪訝《けげん》な声をもらすと同時に、張易之の顔に縦に一本線が走った。目を疑っているうちに、そこからめりめりと肌が裂けていく。

「ひっ――」

異様な光景に、詠月は悲鳴を呑《の》み込んだ。

肌の割れ目から、黒い靄のようなものが染み出してくる。それが易之を覆ったかと思うと、その身体が蒸発するように崩れていく。

そして瞬きの間に張易之は、一頭の妖獣《ようじゅう》へと変貌《へんぼう》していた。影が固まったかのように輪郭はぼやけているものの、目を凝らすとそれは虎《とら》のようにも見えた。

「な——」

あまりの光景に言葉を失った詠月は、榻の下を探ることも忘れて見入ってしまう。

「なるほど。妖獣を兄と偽り、用心棒として飼っていたわけか。それで邪魔になった女たちを喰わせていたんだな」

声も出ない詠月に代わり、隆基が言う。

「察しがよろしいですな」

昌宗がにやりと口の端を上げる。それと同時に、易之だった妖獣がたっと地面を蹴《け》り、隆基に向かって飛びかかった。

「危ない！」

「いいから、おまえはさっさとやれ！」

隆基は叫ぶと、襲いくる鋭い爪《つめ》を間一髪で避《よ》けた。そして手にしていた鞘から、剣を抜く。

「なんだ、それは！」

しかしそれを見るなり昌宗が、高らかに笑った。

詠月も啞然《あぜん》としてしまう。隆基が妖獣へと切っ先を向けたのは、鈍《なまくら》どころか、刃《やいば》もついていない木製の剣だったからだ。

しかし隆基はかまうことなく、それを振り下ろす。

「ぎゃっ――」

すると剣は、妖獣の身体をすり抜けることなく尻尾《しっぽ》にあたった。

「魔を祓《はら》うと言われる桃木《とうぼく》で作った剣だ。さすがだな」

妖獣の上げた悲鳴に驚く詠月と昌宗の前で、隆基が得意げに口の端を上げる。

（さすが方術オタク……）

いつの間にそんなものを用意していたのかと詠月が思っていると、易之だった妖獣は、桃剣に怯《ひる》んだように前足で床を数度踏みつけた。そして隆基がふたたび剣を振りかざすと、それを避けるようにして部屋から飛び出していく。

「おい、どこに行く⁉」

用心棒であるはずなのに逃げた妖獣を、昌宗が慌てたように追いかけ、隆基も彼らを逃がすまいとさらにそのあとを追う。そのころになってようやく目的のものをつかんだ詠月も、慌てて廊下へと飛び出した。

するとはじめて目にしたのであろう妖獣の姿に、宦官兵や女官たちは逃げまどうだけで、隆基や詠月に向かってくる者はいなかった。

「何事です！」

しかしそのなかで、たったひとり、毅然《きぜん》とした声で彼らを叱責する者がいた。

女皇の側近、上官婕妤《じょうかんしょうよ》である。

どうやら妖獣は、女皇の寝房に逃げ込んだらしい。駆けてくる女官たちを掻《か》き分けて詠月がそこに飛び込むと、寝台のかたわらに控えていたらしい上官婕妤が言った。

「女皇陛下は御寝《ぎょしん》なさっておいでです。許可なくこの寝房へ入ることは、何人《なんぴと》たりとも許されません」

黒い靄のような獣を見ても動じる気配さえないのは、さすが女皇の最側近と言われる女官である。しかし妖獣も隆基も、彼女にかまっている余裕はなかった。

隆基は喉笛《のどぶえ》を喰いちぎろうと飛びかかってきた牙を桃剣で受け止め、勢いを殺しきれずに絨毯を転がる。飛び退《すさ》ってふたたび距離を取ろうとするが、床に軽やかに着地した妖獣が跳躍して、彼の突き出した剣の上に降り立つ。そして重さを感じさせないしなやかな動きで剣先を蹴り、そのまま隆基の鼻先で牙を剝《む》き出しにした。

隆基はその動きを受け流し、身体をひねる。体勢を崩した妖獣は剣から振り落とされるが、しかし去り際に叩《はた》いた尻尾がそれにあたった。隙《すき》をつかれた隆基の手から、桃剣は高く弾《はじ》かれた。

それを見逃さず、妖獣はふたたび靄のように形をなくして隆基の身体を取り囲もうとする。

「こっちよ……！」

思わず飛び出した詠月は、妖獣の注意を惹《ひ》きつけるために声を張り上げた。

「お腹《なか》が空いているなら、私から食べればいい」

失敗すれば、あの影のような獣に喰われることに疑いの余地はない。しかし詠月は、ひとつ息を整えると、手を握りしめ、慣れない挑発をしてみせる。宦官ではなく宮女ばかり行方不明になっているということは、あの妖獣は女を好んで喰っているのではないかと思ったからだ。

はたして隆基に迫っていた妖獣が、今度は詠月に忍び寄ってくる。ぎりぎりまで近づいてきたところで、詠月は手にしていた瓢簞の口を向け、栓を抜いた。

「ぬ――」

瓢簞から生じた風が渦となり、妖獣を吸い込もうとする。呑み込まれないよう、獣が足を踏ん張っているように詠月には見えた。

（お願い、入って――！）

詠月は念じた。

『意志の強さじゃないか』

どうして壺中に映した場所に行けるか訊ねた詠月に、隆基はそう答えた。『ようはどれだけ強く、そこに行きたいと思っているかだ』と。

ならば、送るのも同じこと――。

「来なさい!!」

詠月の声に、妖獣が抵抗しようとしたのは一瞬だった。瓢箪が、ものすごい勢いでそれをなかへと吸い込んでいく。

「っ――」

尻尾の先まで収まるのを見届けてから、詠月は瓢箪の栓を閉めた。恐るおそる手を離し、栓が抜ける気配がないことを確認する。

詠月はほっと安堵の息をもらした。

「ひっ――」

その様を目の当《ま》たりにした昌宗は、短い悲鳴を上げた。そして彼の存在に気づいた隆基が剣先を向けると、腰を抜かしそうになりながら部屋から逃げていく。

「……終わったのか?」

桃剣を鞘に納めながら、隆基が訊ねる。

「たぶん」

どこかあっけなく思いながら、詠月は手のひらの瓢箪を見つめた。

多少なりとも壺中術を操ることができるならば、詠月たちのように、このなかから抜け

出すことも可能かもしれない。しかし易之だった妖獣にそれができるとは思えない。

ならば永遠にあのなかに閉じ込められるだけだ。

袁天綱が壺中に創《つく》り出した、あの別天地に――。

*

「終わったのかえ?」

幾重にも垂れた羅布の奥で、ふいに声が響いた。

しわがれた老女の声。しかしその声には、この広大な帝国を統治する者のみが持ちうる君主の風格が感じられた。

「女皇陛下……!」

それまで呆然《ぼうぜん》と成り行きを見届けていた上官婕妤が、慌てて寝台に駆け寄る。天蓋《てんがい》の羅布が開かれると、その奥に横たわる女皇の瞳《ひとみ》は、しっかりと開いていた。

起きていたならば、隆基と詠月が妖獣と争う声や音が聞こえていたはずである。しかしその様子に、彼女が動じている気配はいっさい見えなかった。

女皇の意識がはっきりとしていることに驚きながら、詠月は立ちつくした。

ずっと、会ってみたいと思っていた。そして一度、訊《き》いてみたいと。

　しかしいざそのときを迎えると、石を飲み込んでしまったかのように、喉《のど》が塞《ふさ》がって声が出せない。しかも足が床に貼《は》りついたように動けなかった。

　代わりに女皇の前に跪き、拱手《きょうしゅ》したのは隆基だった。

「女皇陛下。宸襟《しんきん》をお騒がせし、申し訳ありません」

　隆基は、大雑把《おおざっぱ》な性質がなりを潜めたように、完璧《かんぺき》な宮中の礼を取って言った。皇孫の顔を見た女皇は、厳かな声で下問した。

「そなた、臨淄郡王《りんしぐんおう》か。なぜここにいる」

「女皇陛下にお訊ねしたき議があり、罷《まか》り越しました」

　隆基の声は、めずらしく緊張しているようだった。ずっと心の内に引っ掛かっていた母の行方。この機会を逃したら、もう二度と訊くことはできない。彼はそう思っているのかもしれない。

「――なんじゃ」

「我が母を――相王の妻たちをどうされたのですか？　母である竇徳妃《とうとくひ》は、女皇陛下に謁見したあとに行方がわからなくなっています」

「それは――」

　女皇が口を開きかけたときだった。その眼《め》が、隆基の背後に立つ詠月を捉《とら》えた。

その瞳に射貫かれたかのように、詠月はどきりと身体を緊張させる。

「そなた……」

女皇は、なにを言おうとしたのだろうか。しかしすぐに慌ただしい足音が近づいてきたかと思うと、半開きとなっていた扉が開け放たれた。

張易之の皮を被《かぶ》った妖獣が消え、殿宇の門扉が破られたのだ。

進み出てきた者たちの中央にいるのは、宰相である張柬之と、太平公主だった。その後ろには、崔玄暐《さいげんい》、敬暉《けいき》、桓彦範《かんげんはん》など、この政変を主導した者たちが続き、返り血を浴びた吏多祚もいる。どうやら先ほど逃げていった昌宗を、途中で斬《き》り捨《す》ててきたようだ。

「女皇陛下――」

張柬之が、乱れた室内を気にする気配もなく女皇に呼びかけた。

「……何事じゃ」

寝台に横たわった老女が、眼だけを居並んだ朝臣たちへと向けている。李唐帝国の皇后であった時代から、数十年もの長きにわたってこの国に君臨し続けてきた女傑は、炯々《けいけい》とした眼差しで一同を睥睨《へいげい》した。

とたんに、張柬之以下の者が雷に打たれたように跪いた。

「張柬之よ。これはいったいどういうことじゃ」

「宸襟をお騒がせ奉り申し訳ありません。謀反《むほん》があったのです」

しかし張柬之も、怯むことなく言葉を紡ぐ。

「誰が謀反を起こしたというのじゃ」

「張易之、昌宗の兄弟にございます。臣《しん》らは太子の命により奴らを誅《ちゅう》しました。奴らに気づかれるのを恐れるあまり、女皇陛下へ上奏せずに参りましたことをお赦《ゆる》しください」

「……二張を斬ったのか」

女皇は、返り血を受けた吏多祚へ視線を移した。斬ったのは張昌宗ひとりだろうが、吏大将軍はきまり悪そうにうつむいた。

「太子よ。そなたがなぜここにいる？」

詠月はその言葉ではじめて、張柬之と太平公主の間に、皇太子である李顕がいることに気づいた。

李顕は、床に額を擦《こす》りつけるようにして伏したまま震え、返事もできない有り様だった。するとそれまで口を閉ざしていた太平公主が、兄の代わりに言った。

「母皇……。張兄弟は罪を犯して裁かれました」

「令月《れいげつ》、そなた……」

女皇の声に、はじめて感情の揺らぎが混じった。それが怒りなのか、悲嘆なのかは、詠月にはわからなかったけれども。

「偉大なる母皇がこれ以上晩節を汚される姿を、妾《わらわ》は見たくございません」

母子の視線が絡んだ。

愛娘《まなむすめ》の顔に、女皇はすべてを諦念《ていねん》したように目蓋《まぶた》を伏せた。隣に跪いた張東之が、太平公主の言葉を引き継いで言う。

「この上は太子に位をお譲りになって、ごゆるりとご静養くださいませ」

「……譲位せよと？」

「それが万民のためにございます」

起き上がることもできない老女に、拒めるはずもない。女皇は、一言「諾」と答えると、そのまま目を閉ざした。

詠月はその様子を、はたから見つめていることしかできなかった。

『そなた……』

あのあと、女皇はなにを言うつもりだったのだろうと思いながら――。

ふたりの公主

その元号を取って神龍《しんりゅう》革命と呼ばれるようになった政変によって、女皇は皇位を追われた。

則天大聖《そくてんたいせい》皇帝の尊号を与えられた女皇の身柄は、皇城の西方にある上陽宮《じょうようきゅう》へと移され、そこで幽閉されることになった。とはいっても、皇位を奪われた精神的打撃のためか、譲位から間もなくしてふたたび前後不覚に陥った女皇にとっては、どこで眠るかなど大きな問題ではなかっただろう。

皇太子李顕《りけん》は皇帝として即位し、女皇を退位させて数日の後に、李唐帝国《りとうていこく》の復活を宣言した。それにともない皇弟の李旦《たん》は安国相王《あんこくしょうおう》、皇妹の太平公主《たいへいこうしゅ》は鎮国《ちんこく》太平公主に新たに称号を加増されることとなった。

詠月《えいげつ》は臨淄王《りんしおう》に格上げになった隆基《りゅうき》に頼み、身辺の世話をする女官として、上陽宮へ向かう女皇の一行に加えてもらった。もはや死を待つばかりの女皇についていこうという女官が多いはずもなく、詠月の希望はすんなりと通った。

『おまえの本当の名は、李詠月なんだな?』

革命のすべてが終わったとき、そう訊《たず》ねてきた隆基に詠月はうなずいた。安定公主《あんていこうしゅ》などと呼ばれるのは違和感があるが、自分の名が李詠月であることは変えようのない事実だからだ。

『どうして、宮中に戻ってきたんだ? 安定公主が死んだとされている以上、ほかの土地で生きていくこともできただろうに』

『とくに理由なんてないですよ。養い親が亡くなったあと、ほかに行くところが思いつかなかっただけ』

隆基の問いに、詠月は答えた。

『ただ、機会があれば一度、母に訊《き》いてみたいとは思っていましたけどね。なぜ私を捨てたのかって』

少しは後悔してくれているのか。それとも詠月のことなど、とっくに忘れてしまったのか——。

養い子が傷つくことを恐れたのか、袁天綱《えんてんこう》は詠月が宮中を出ることになった経緯をけっして口にしなかった。そのため、宮城にやって来る前の詠月は、まさか自分が母に殺されかけたとは思ってもみなかったのだ。

袁天綱は常々「権力は人を変える」とのみ話し、女皇個人に対して非難したり、悪く言ったりしなかった。そのため母に捨てられたことを理解していた詠月も、母を恨む気持ちを抱く必要がなかったのだ。

かつて「母を見てみたい」とねだった詠月に、一度だけ袁天綱は壺中《こちゅう》に映し出して見せてくれたことがある。

きらきらと黄金に輝く明堂《めいどう》で、煌《きら》びやかな衣《ころも》をまとい、玉座のある壇上から居並ぶ百官の姿を見据える母は、どこまでも凜々《りり》しく、詠月は憧《あこが》れた。

そして娘と口にできなくとも、遠くからでいいから会ってみたいと思ったのだ。

『だけど宮中に上がったあと、ほかの宮女たちの噂《うわさ》で、はじめて自分が母に殺されかけていたかもしれないと知ったんです』

信じられない思いでいるときに、男寵《だんちょう》である張《ちょう》兄弟の悪口を言ったというだけで、女皇の孫である李重潤《じゅうじゅん》とその妹の永泰郡主《えいたいぐんしゅ》が自死を迫られた。

盤石な権力を手にしていても、なおふたりの孫を死に追いやった母――。

そのとたん詠月は、母に会うのが怖くなってしまったのだ。

『だって、もし会って、私を殺そうとしたことを肯定されたら――』

なんの情もなく、面と向かって自分の存在を否定されれば、立ち直れなくなるかもしれない。それならば狭い壺部屋で宮奴《きゅうど》として生き、時折母や弟妹たちの様子を眺めるだけでよいと――。

『そうしているうちに、私が本当に女皇の娘かどうかも、疑わしく思うようになりました。養い親の勘違いなんじゃないかって……』

というより、そう思っていたほうが詠月には楽だったのだ。

そうして病が篤《あつ》いという母に、もう会うこともないと思っていたあの日、詠月は隆基によって壺のなかから引きずり出された。それによって停滞していた彼女の運命は動きだし、はじめて直接母の顔を拝むことができたのだ。

『壺中で、殺されそうになったのが事実と知ってショックでしたけど、私を取り戻そうと巫蠱《ふこ》まで行ったことを知って、もういいかって気になりました』

もちろん巫蠱は赦《ゆる》されることではないが、それでもどこか穴の開いたままだった詠月の心は、満たされた気がする。

おそらく袁天綱は、詠月に対する女皇の未練を断ち切るために、娘は宮城の外に逃がしたあとに死んだと告げていたのだろう。しかしそれがかえって、女皇の狂気を煽《あお》ってしまったのかもしれない。

『正体を明らかにして、公主として暮らしたいとは思わないのか？』

隆基のその問いには、詠月は静かに首を振った。

『言ったって、どうせ誰も信じませんよ』

五十年も前に死んだとされている安定公主が、若い姿で生きていたなんて――。

『それに、十歳くらいまで一般庶民のなかで育ったんですよ？　今さら公主なんて呼ばれたって、笑ってしまうだけです』

それだけでなく詠月は、身分が高ければ幸せとはかぎらないことを、さんざん壺で覗《のぞ》いて知ってしまっている。

自分が生きていることは、誰に言う必要もない。ここに来て、女皇だけでなく、血のつながった者たちに会うこともできた。それだけで満足である。

それに――。

「あ、詠月さん！　太后陛下がお呼びになっているそうですよ！」

「すぐに行きます！」

上陽宮の女官のひとりから慌てた様子で声をかけられ、詠月は太后と呼称されるようになった女皇の寝房へと急いだ。

「吾子《あこ》よ！」

扉を開けるなり、喜色もあらわに太后が詠月を呼ぶ。起き上がろうとするのを止め、彼女は牀《しょう》に駆け寄った。

「どこに行っていたのじゃ。母はずっとそなたを捜しておったのだぞ」

神龍の革命以降、太后はほとんどの時間眠りについているが、たまにこうして意識を取り戻すこともあった。

詠月を太平公主だと思い込んでいるようで、起きているときはこうして片時もそばから放そうとしない。いわゆる痴呆《ちほう》状態なのだが、抱きしめられれば、はじめて感じる母の愛に心が癒《い》やされた。

「ごめんなさい、心配をかけて」

「よいか？　そなたはどこにも行ってはならぬ。どんなときも、この母のかたわらにおるのじゃ」

「ずっとここにいますから、安心してください」

「枇杷《びわ》でも食べるか？　どれ、この母が皮を剝《む》いてやろうの」

太后には、詠月がいくつぐらいの子供に見えているのだろう。起き上がり手ずから皮を剝いてくれようとするのを止めて、自分で剝く。そして小さく切り分けて、寝ている母の口に運んだ。

ずいぶんと遠回りをしてしまったが、幼いころに望んでいた時間を、きっと今取り戻しているのだろう。母は夢の世界にいるのかもしれなかったが、詠月はそれでもよかった。

枇杷を半分ほど口にすると、太后はふたたび眠りについた。

（いったい、どんな夢を見ているんだろう）

ときに満足するように微笑み、ときに苦痛に満ちた表情を浮かべる太后の寝顔を眺めながら、詠月は思う。

太宗《たいそう》の才人から高宗《こうそう》の皇后、そして歴史上唯一の女皇となったおのれの波乱に満ちた人生を、振り返っているのだろうかと。

「おやすみなさい、お母さま……」

そっと囁《ささや》きながら、詠月は牀から離れる。「お母さま」と、ようやく呼ぶことができた幸せを嚙《か》みしめながら。

「詠月さん、庭院に咲いていた海棠《かいどう》を活《い》けようと思うんですけれど、どの壺にしましょうか?」

隣室に移ると、控えていた女官が声をかけてくる。

女皇が娘と思い込んでいるだけでなく、臨淄王である隆基の口利きで上陽宮に入ったこともあって、周囲の者は総じて詠月に親切だった。詠月が壺好きなことを知ると、壺に関《かか》わる仕事はたいてい彼女にまわしてくれる。

(今日は、越州《えっしゅうよう》窯の青磁にしようかしら。偽玉器とまでいわれて珍重されるだけあって、本当に綺麗《きれい》な碧玉色《へきぎょく》……)

きっと薄紅色の海棠もよく映えるだろう。

そう思いながらうっとりと水を注いだところで、詠月はちょっとしたいたずら心に見舞われた。

(隆基はどうしているんだろう)

自分とたいして変わらない年頃に見える彼が、甥《おい》というのは不思議でならない。しかし血を分けた者たちのなかで、唯一詠月の正体を知っている彼の存在は、彼女にとってありがたいものだった。

久しぶりに壺のなかを覗いてみると、隆基は相王府《しょうおうふ》の自室にいるようだった。そして詠月は、すぐに彼の異変に気づく。

彼のまわりには尋常でない数の猫がまとわりついていて、身動きも取れない様子だったからだ。

そして彼は、その頬《ほお》から流れる血を拭《ぬぐ》うこともなく、険しい眼差《まなざ》しで目の前の人物を睨《にら》みつけていた。

*

「はようそれを渡すのじゃ」

突然隆基を訪ねてきた太平公主は、艶冶《えんや》な笑みを浮かべながら部屋の榻《とう》に身体《からだ》を預け、甥に向かってそう猫なで声で話しかけた。

「隆基よ。妾《わらわ》はそなたを傷つけたくはないのじゃ。そなたは誰よりも可愛《かわい》い妾の甥じゃからの」

普段から仲のよい叔母と甥である。これまでも急に彼を訪ねてくることはあったが、しかし今日の叔母はいつもと様子が違う。

「そう思ってくださるのなら、叔母上がなぜこれに、そうまでしてこだわるのか教えてください」

隆基の手には、蓋《ふた》のついた素焼きの壺があった。以前、詠月とともに長生殿《ちょうせいでん》に忍びこんだとき女皇の寝房で見つけた、あの骨壺《こつつぼ》である。

太后が上陽宮に移って主《あるじ》不在となっていた殿宇から、先ほど隆基が勝手に持ち出してきたものである。

「そうさの。これを見つけてきてくれたそなたには、礼を言わねばならぬからの。そなたには関係のない話じゃが、教えてやろうかの」

太平公主は膝《ひざ》に乗ってきた猫の喉《のど》を撫でてごろごろと鳴らしながら言った。

「これは、母后がかつて、袁天綱という道士に騙《だま》され、我ら李氏を呪《のろ》うために行った巫蠱《ふこ》の依代《よりしろ》なのじゃ。これがあるかぎり、李唐帝国には災いが降りかかる。母后は巧妙に隠しておったようで、妾にもどこにあるのかさっぱりわからなかったのよ」

しかし壺中で、太后が巫蠱を行ったときの光景を見ている隆基には、太平公主の言葉が嘘《うそ》だとわかる。

「そなたが持っているのは危険じゃ。さあ、この叔母に寄越しあれ」

「なぜ嘘をつくんです？　これは太后が、李氏を呪うために行った巫蠱の依代ではない。あれは、娘を欲しがった太后があなたを身ごもるために行った巫蠱だ」

「そなた、なぜそれを……」

太平公主は、隆基が真実を知っていることに眉《まゆ》をひそめた。

「教えてください。なぜ叔母上は、これにそこまでこだわるのですか？」

彼がしつこく叔母に問うと、太平公主は苛立《いらだ》ったように声を尖《とが》らせる。

「ええい、黙《だま》りや！　さっさとお渡し！」

その言葉とともに、どこからかわらわらと出てきた猫たちが、隆基を取り囲んだ。たかが猫とはいえ、数十匹に取りつかれれば振り払おうにも身動きが取れない。しかもそれは、小さな爪《つめ》と牙《きば》で一斉に隆基を傷つけてくる。

そのうえ棚に登った一匹に飛びかかられ、頬に一筋の血が滲《にじ》む。

痛みに一瞬気をそらした隙《すき》に、歩み寄ってきた太平公主が、彼の手からさっと壺を取り上げてしまう。

「大人しく渡しておればよいものを」

高らかに哄笑《こうしょう》した太平公主は、隆基から奪い取った骨壺にうっとりと頬を寄せた。その姿は、まるで愛《いと》しげにも、懐かしげにも見えた。

幼いころから知っている叔母が、別人のように隆基には感じられた。

太平公主は昔から猫が好きで、女皇の反対を押し切って密《ひそ》かに多くの猫を飼っていた。しかし元来人の言いなりになりにくいと言われている猫が、彼女の気持ちを読んだように、一斉に人を襲うなど異常である。

（どうするか……）

隆基がどのように切り抜けるか頭を巡らせていると、なにもないはずの空中に手が浮いて見えた。

ちらりと視線を走らせれば、叔母は骨壺を抱えたまま、隆基から目を離している。今ならば、叔母の注意は骨壺に集中している。そう思った隆基は、足を蹴《け》りあげてまとわりつく猫たちを一気に振り払った。

（来い——！）

駆け寄って跳びあがると、隆基は空《くう》に浮いたその手をつかんだ。そしてそう強く念じたまま、思いきり彼女を引き寄せたのだった。

＊

「痛ったたた……」

空中からどさりと床に落ちた詠月は、したたかに身体を打ちつけてうめいた。いくら絨毯《じゅうたん》が敷いてあるとはいえ、膝をぶつければ痛くてならない。

「なにも無理やり引っ張らなくても——」

「そうしなければ、こっちに出てこられないと思ったんだよ」

詠月のこぼした非難に、隆基は憎まれ口をたたいた。

「だったらせめて、下で受け止めてくれてもいいじゃない……！」

「また下敷きにされるのは御免だね」

はじめて会ったときに詠月の靴が頬にあたったことを、まだ覚えているらしい。軽口を叩《たた》きあっていると、突如現れた詠月に太平公主が柳眉《りゅうび》をひそめた。

「なんじゃ、そなたは。どうやってここへ……」

絨毯から立ち上がった詠月は、若かりし日の母によく似た妹の顔を見つめた。そして壺中の世界から出るときに耳にした母の言葉を思い出す。

『このおかげで、妾の胎《はら》には今、子が宿ったはずじゃ！　今度こそ女児に違いない』

そう叫んだ母のかたわらには、首を斬《き》られた猫の遺骸《いがい》が転がっていた。

母の言葉どおり、本当に太平公主があの巫蠱で宿ったかどうかは定《さだ》かではない。しかし違うのであれば、なぜ太平公主は、あの骨壺に異常なほどの関心を示すのか。あのなかに納められているのは、おそらくあのときに斬られた猫の頭骨のはずである。

『……死んだ人間は生き返りません。もし巫蠱でなにかが胎に宿ったとすれば、それは血に引き寄せられた禍《わざわい》──』

母に告げた袁天綱の言葉は、どういう意味なのか。

小さな壺を抱えてくることを忘れなかった詠月は、不穏な気持ちが膨らんでいくなか、その壺口へと手を入れる。

（あまり、触りたいものじゃないけど……）

そして壺から引き抜いた詠月の手には、小さな頭骨があった。それを目にして、太平公主の顔色が変わる。

「どういうことじゃ？」

慌てて彼女は、先ほど隆基から取り上げた骨壺を開けた。しかし目的のものが入っていなかったからだろう。その眉をひそめた。

「骨壺も、壺の一種ですから」

壺と壺の空間をつなげて、詠月は頭骨を手元へ移動させたのだ。

「まさかそなた……壺中術だと……？」

太平公主も、壺中術を知っているらしい。怪訝な眼差しを、彼女に向けてくる。

「養い親である袁天綱に教わりました」

「袁天綱……？　そなた、いったい……」

「李詠月──。死んだとされたあと、安定公主の称号を追贈された太后と高宗の娘です」

「安定公主……」

しかしすぐに落ち着きを取り戻した太平公主は、手にしていた骨壺を床に叩《たた》きつけて哄笑する。

「なるほど、もしそなたがまこと安定公主というのならば、そなたのことは姉上とお呼びしたほうがよいかの？」

「ご自由に」

揶揄《やゆ》するような言葉にそっけなく返すと、太平公主が紅唇の端を上げた。

「なるほど。それにしても壺中術とはの。張《ちょう》昌宗《しょうそう》に与えた猫が突然消えたのは、そなたの術のせいか」

「猫……？」

易之《えきし》が変じたのは虎《とら》のように見えたが、あれは猫だったのだろうか。そう考える詠月の隣で、隆基はため息をこぼす。

「やはり叔母上は、張易之の正体を知っていたんですね」

「当然であろう？　そもそも張兄弟を母后に推挙したのは、妾なのだからな」

「それで邪魔になったから、政変に参加して、密かに彼らを殺すことにしたわけですか？」

隆基が冷めた口調で言うと、太平公主は鼻を鳴らした。

「昌宗め。妾の気がつかぬうちに、妖獣《ようじゅう》に宮女たちを喰《く》らわせて力をつけさせていたようじゃな。妾がみずから処理しなければならぬかと思っておったで、助かったわ。余計な力を使わずにすんだからの」

「喰らって、力をつける……？」

その意味を理解して、詠月はうっと喉を詰まらせた。昌宗は、柚鈴《ゆうりん》と詠月のことをエサと言ったが、まさしくそういう意味だったのだ。

「あなたは、すべて知っていたということですね」

ある程度予想していたのだろう。隆基は、詠月よりは落ち着いた様子で叔母に問うた。

「あの妖獣は、いつから迎仙宮《げいせんきゅう》に巣食っていたんですか？　十二年前、俺の母と劉皇嗣妃《りゅうこうしひ》を喰らったのは、あの妖獣なのですか？」

「それは違うぞ、隆基よ。あのふたりを喰ったのは、妾じゃ」

「叔母上が……？」

「仕方がないじゃろう。この姿を維持し続けるには、贄《にえ》が必要なのじゃ。身体が大きくなれば、猫を喰うだけでは足りなくなる。あの日はたまたま、劉皇嗣妃と竇徳妃《とうとくひ》が母后に呼ばれて目の前にいたのでな。普段は騒ぎにならぬように城外で喰うのだが、あのときは腹が減っていたでなあ」

仕方がないと笑う太平公主に、隆基は瞳《ひとみ》を伏せた。そしてふたたび目蓋《まぶた》を開いたとき、彼の眼《め》はやり場のない怒りに満ちていた。

「なぜ……!?」

隆基は叔母である太平公主のことを、恩人だと言っていた。兄弟たちのなかの誰よりも可愛がられ、そのために頭が上がらないのだと。信頼していた叔母の正体に、彼もやりきれないのだろう。

「あなたはいったい……?」

詠月は呆然《ぼうぜん》とつぶやいた。袁天綱は、「禍」と言っていたが、それはいったいなにを指すのか。

「太后に殺された蕭 淑妃《しょうしゅくひ》なの?」

猫を喰い、そして操る太平公主。太后を恨み、「猫になる」と呪いを吐いた女の名を詠月は口にする。

しかし太平公主は、さも可笑《おか》しなことを耳にしたとでもいうように笑い声を上げた。

「ははは!　妾があのような愚かな女のはずがあろうか!　母后が猫を恐れていたのは、妾の正体にうすうす気づいていたからじゃろうよ。蕭淑妃が呪ったせいだという噂は、あまりに母后が猫を怖がるせいであとから流布したにすぎぬ」

「太后が、気づいていた……?」

「そうとも。妾のまわりにある猫の気配を異常に思った母后は、幼きころより妾から猫を引き離そうとやっきになっておったわ。いつもは腹が減ったときのために一匹二匹連れ歩いておるのじゃが、あのときは母后に気づかれてしまってなあ。取り上げられて腹を空かせた妾は、隆基の母たちを喰わざるをえなかったのじゃ」

太后は、娘が李旦の妃ふたりを喰ったと疑いながらも、そのことに口をつぐんだ。そして周囲の誰もが太后が殺したと思いながらも、追及できずに月日は流れていった。ふたりの遺体も見つからないままに。

「信じたかったからでしょう……!?　あなたが、本当に自分の娘だって」

そしておそらく、失った娘の生まれ変わりであると――。

そう思ったら、詠月は泣きたくなった。

だから猫を怖がったのだ。ようやく取り戻した娘を奪われると思って。それほどに、詠月を手にかけようとした母は罪の意識を抱えていたのだろう。

「そうじゃのう。愚かなことに母后は、みずから手にかけた娘が巫蠱によって蘇《よみがえ》ったと、はじめは本気で信じていたのよ。そんな都合のよいことがあるはずもないのにの！　明敏な人間と思っていたが、殺そうとした娘のことになると、正常な判断ができなくなるらしいの」

そして太平公主の異常に気づいても、かたくなに溺愛《できあい》し続けた。

気づきたくなかったのだ。娘の正体に――。

その気持ちが痛いほどわかり、母を愚かしいと笑う太平公主を詠月は睨みつけた。

「蕭淑妃でないなら、あなたはいったい何者なの？」

「これから死ぬそなたらには関係のないこと」

しかし紅い染色を施した美しい爪を頰にあて、舌なめずりをする太平公主に、詠月の背筋が冷える。

きっと太平公主は、詠月と隆基のことも喰うつもりなのだ。自分の正体を知ったふたりを、生かすつもりはないのだろう。

「じゃが、惜しいのう。隆基、そなたを殺すのは」

太平公主は猫のように気まぐれな口調で、美しく紅を刷《は》いた口唇に笑みを浮かべる。

「妾はそなたが可愛くてならない。それはそなたこそが、この李唐帝国に、そしてこの世に大いなる禍をもたらすことのできる存在だからじゃ」

「どういう意味です？」

隆基は眉をひそめた。

「母后を退位させ、ふたたび天下を李氏にくれてやったのも、そなたがいるからよ。そなたならば、いずれこの李唐帝国を災厄で満たしてくれるであろうに。叶《かな》えば、そのときの阿鼻叫喚《あびきょうかん》は、母后の比ではあるまいよ」

そして太平公主は、陶然とした表情を浮かべた。

「人の苦悩と苦痛ほど心地よいものはないからのう。そなたの創《つく》り出す禍は、きっと極上の味に違いないのに」

隆基が大いなる災厄……？

意味がわからず、詠月は彼の顔を見上げた。

「……そんなことを言われてもね」

しかし隆基は、そのような言葉を信じる気はないらしい。音を立てて口中に溜《た》まっていたらしい血を吐き出すと、太平公主に言い放った。

「災厄は俺じゃない。あなたこそ、太后の巫蠱によって彼女の胎に宿った災厄そのものじゃないか。この数十年、太后を陰で操り宮中に災厄を招いていたのは、あなたではないのか？」

太后は、かつて高宗の皇后になるために我が子を手にかけようとした。そして邪魔な王《おう》皇后や蕭淑妃を殺したのは、まぎれもない事実である。

しかしその後、太后が長子を死なせ、次子を自殺に追い込んだのは、太平公主が唆《そそのか》したからではないのか。両者の耳元にそれぞれ猜疑《さいぎ》心を煽る言葉を囁き、反目するように仕向けて。

きっと、太后が嘆けば嘆くほど、太平公主の糧《かて》となったのだろう。

そして子供や孫たちだけでなく、太后をけしかけて、李唐帝国の宗室をことごとく殺させた。それだけでなく、密告を奨励したことで数えきれない臣下が、虚偽の罪によって誅《ちゅう》殺《さつ》されたのだ。

「だとしたら、どうすると？　もう妾を胎に宿して誕生させた母后が、正気に戻ることもあるまい。妾を止められる者など存在せぬ」

「だったら、どうしてこの頭骨にそんなにこだわる？」

するとはじめて、太平公主が顔色を変えた。

「あなたはずっと、この頭骨を探していたんだろう？　だが、おそらくうすうすとはいえ、あなたの正体に気づいていた太后は、厨子《ずし》のなかに巧妙にこれを隠した。仏具の下にあれば、禍々《まがまが》しいものは近づけないと」

つまり上に置いてあった仏像は、たんに骨壺を、人目に触れさせないよう秘匿《ひとく》するためだけのものではなかったのだろう。おそらく、彼女に対する目くらましのような役割も負っていたのだ。

「だが、俺が厨子から出してしまったことで、あなたはこの頭骨の居所を知った。そうしてさっそく取りにきたというところじゃないのか？」

「……そなたには関係のないことじゃ。さあ、女子《おなご》よ。それを寄越しや」

太平公主が詠月に向かって手を伸ばす。

先ほどまで隆基にまとわりついていた猫たちが、一斉に詠月に向かってくる。にゃーにゃーと、可愛らしく鳴いて迫ってくる不気味さに、思わず後ずさりする。

「詠月、それをこちらに投げろ！」

「隆基、なにをするつもりだ⁉」

猫が離れた隙に剣を抜いた甥に、太平公主の声がはじめて狼狽《ろうばい》に揺れる。爪を剝《む》き出しにして飛びかかってくる猫たちを前に詠月は、一か八かと頭蓋骨《ずがいこつ》を彼に向けて投げた。

「やめよ！」

悲鳴のような太平公主の声が響いた。

それにかまわず、隆基は剣を一閃《いっせん》させた。頭蓋骨は真っ二つに断たれ、ころころと床に転がっていく。

「おのれ……！　おのれ、これで済んだと思うなよ……！」

そのとたん、太平公主の身体が、黒い靄に包まれたようにぼやける。

「すでに種は蒔《ま》いておいた。すぐにふたたび血は流れ、この世は災厄に包まれるであろうよ」

太平公主が吐く呪いの言葉は、それまでと違って野太い男の声に聞こえた。

「李唐帝国に禍あれ！」

怨嗟《えんさ》とともに、靄が霧散する。

あとには、ふわりと床に落ちた煌びやかな衣装が残るだけだった――。

終

「さあいいわよ」

柚鈴《ゆうりん》の声に目蓋《まぶた》を開いた詠月《えいげつ》は、目の前の鏡に映った自分の姿をまじまじと見つめた。白粉《おしろい》で消されたそばかすに、なだらかな弧を描く眉《まゆ》、そして鮮やかな紅が刷《は》かれた唇――。

「これ、私……？」

詠月は信じられずに呆然《ぼうぜん》とつぶやく。

髪を高く結い上げ、しっかり厚化粧を施せば、たしかに詠月は太平公主《たいへいこうしゅ》とよく似ていた。

父母を同じくする姉妹とはいえ、消えた太平公主と今の詠月では外見年齢が離れすぎている。詠月はそう隆基《りゅうき》に主張したのだが、これなら至近距離でなければ、ふたりが別人であることに気づく者はいないかもしれない。

「叔母上は、純然な人間でなかったせいか、常識外に若かったからな」

詠月が予想以上に太平公主に似ていたからだろう。彼女の着替えが終わり入室を許可された隆基は、口笛を吹きながら言った。

すると壺中《こちゅう》の世界から出てきた後、相王府《しょうおうふ》で預かりの身となっていた柚鈴が、すっかり慣れた口調で隆基に答える。

「たしかに、一度だけ太平公主様のお姿を見かけたことがありますが、二十代後半くらいに見えましたね」

逆に詠月は、歳《とし》以上に幼い顔立ちながら、厚く化粧を施せばそのあたりの年齢に見せられなくもない。

「たぶん叔母上は、太后の娘というよりは、生まれるときに太后の姿をそのまま写し取ったんじゃないか。考えてみれば、叔母上が祖父に似ているという話を、俺はいっさい聞いたことがない」

言葉の出ない詠月はそっちのけで、ふたりで勝手に話している。ようは姉妹としてではなく、詠月が母である太后に似ているということだろうと。

「今まで化粧していなかったのが幸いだったな。そうでなかったら、おまえの出自を疑う者も出ていたかもしれないぞ」

さすがに太平公主の兄である相王や皇帝などは別人だと気づくかもしれないが、それは追い追い対応を考えていくしかないというのが、隆基の考えのようである。

「本当に、やるつもりなの……？」

細い顔をふくよかだった太平公主に寄せるため、頬《ほお》に綿を入れているので、話しづらいことこの上ない。

そのうえ着なれない金襴《きんらん》の襦《じゅ》衣《い》に葡《え》萄《び》色《いろ》の裙《くん》裳《も》はひらひらと動きづらく、なによりも金銀細工で花を模した冠のせいで頭が重くて仕方がない。しかも身動きするたびに繊細な飾りが触れあって、しゃらしゃらとうるさかった。

「あたりまえだろ。おまえにはしばらく叔母上のふりをしてもらう」

念を押した詠月に、事もなげに隆基が言う。

かつて太后の巫《ふ》蠱《こ》によって彼女の胎《はら》に宿った太平公主は、その贄《にえ》であった猫の頭骨を割られて、身体《からだ》も残さず消滅してしまった。

おそらくあの頭骨は、彼女がこの世界に留まるための足掛かりのようなものだったのではないか。それを失った彼女は、実体を維持できなくなったのだろうというのが、方術オタクである隆基の見解だった。

しかし李唐帝国《りとうていこく》が復活したばかりで政情が不安定な今、神龍《しんりゅう》革命の中心にいたはずの太平公主が行方知れずとなれば、大騒ぎになるのは必至だ。そのため身代わりが必要だという隆基に、詠月は無理やり承服させられたのである。

（相変わらず大胆というか、無謀というか……）

ともかくこの李《り》隆基という男は、行き当たりばったりに過ぎるのだ。上陽宮に移って以降はもう最下層の宮奴《きゅうど》ではなくなったとはいえ、女官が公主を騙《かた》るなど、発覚したら死罪は免れないというのに——。

「この機会に、公主としての生活を満喫すればいいじゃないか。皇上にとっても、父上にとっても、おまえが血を分けた姉妹ということに変わりはないんだから」

「だとしても、それをふたりが信じるかどうかは、別の問題でしょう⁉」

死んだとされていた姉公主が壺のなかで生きていて、歳を取らずに還《かえ》ってきたなどという話は、荒唐無稽《こうとうむけい》すぎてたいていの人は信じないに違いない。

「そうか？　皇上はともかく、父上は信じる気がするけどな」

詠月の言葉に、隆基にあっけらかんと言う。

しかし考えてみれば、相王はこの方術オタクの父親である。奇怪な出来事に対する耐性があったとしても不思議はないかもしれない。

「いや、だからといって……」

それでも詠月は納得ができない。

「まだ言っているのか？　そりゃあ、せめて叔母上の死体でもあれば、事件としては大事になったとしても、いずれは収束する目途《めど》があるだろう。だけどそれさえない状況じゃあ、消えた公主を捜索するために、全国津々浦々まで探索の兵が出されるぞ。しかも見つかりもしないのに、それがずっと続くんだ」

そんなのは無駄だし、派遣される兵士も可哀《かわい》そうじゃないか。そう話す隆基に、詠月は恨めしげな眼差《まなざ》しを向けてしまう。

「それだけじゃないでしょう?」

というのも、太平公主が相王府に隆基を訪れたことが周知の事実である以上、死亡であれ出奔であれ、それが明るみに出れば真っ先に疑われるのは隆基だからだ。

それを免れるために、隆基にとって太平公主という存在は必要なのである。

「まあ、深いことは気にするな」

「気にしないわけないでしょう!」

太平公主の顔を見知っている者は大勢いて、詠月の身代わりがいつ露見するかわからない。

かつて袁天綱《えんてんこう》が詠月を宮中から逃がしたときのように、青竹を太平公主の死体と見立てる術でも使えれば、こんな目にも遭わないのに――。

慣れない格好も手伝ってため息をこぼすと、隣にいた柚鈴が口を開いた。

「大丈夫よ。あんた本当に太平公主様に似ているわ。これなら、怪しむ者なんていないわよ」

柚鈴は自分の手がけた作品に自信があるようで、不安を隠せない詠月にそう太鼓判を押してくる。

柚鈴は途中から意識を失っていたとはいえ、張昌宗《ちょうしょうそう》に利用され、あやうく妖獣《ようじゅう》に喰《く》われそうになったことは覚えているという。

その後、相王府で隆基に侍女として仕えていた彼女だが、失恋の痛手を怒りによって昇華させることを選んだらしい。

『もう男なんてあてにしないわ。こうなったら、どこまでもあんたに食らいついていくからね』

その言葉どおり彼女は、太平公主の身代わりをさせようという隆基の考えに乗って、詠月付きの侍女となることを決めたのだ。

「まあ、叔母上に比べて、色気がちょっと足りないのはたしかだがな」

「悪かったわね！」

茶化す隆基に、詠月は目を眇《すが》める。

今思えば、太平公主は魔物じみた美に彩られていた。その艶冶《えんや》な笑みの前には、すべてを従わせてしまうような――。

「……結局、あの妖魔《ようま》はいったいなんだったのかしら」

急に不安に襲われて、詠月はつぶやいた。

袁天綱の話によれば、太平公主は巫蠱によって宿った禍《わざわい》ということになるが、その得体はまったく知れない。

ただ、彼女が最後に吐いた怨嗟《えんさ》の声は、男のものに聞こえた。

「さあな。どうやら李氏に強い恨みを持っていたようだが」

妖魔の本性にはあまり興味がないようで、国家に恨みを持つ存在などいくらでもいるだろう、と隆基は言った。

「でも……」

『そなたならば、いずれこの李唐帝国を災厄で満たしてくれるであろうに。叶《かな》えば、そのときの阿鼻《あび》叫喚《きょうかん》は、母后の比ではあるまいよ』

太平公主が言った言葉が気にかかる。

「災厄って、いったい……」

「おまえ、なに気にしてんだ？　あんなの適当に言っただけだろ」

不安を覚えた詠月とは違って、隆基はあの言葉をまったく信じていないようだ。

「だいたい、太后の比ではないって、ただの庶出の親王にすぎない俺に、どれほどのことができるっていうんだ？」

李顕《けん》が李唐帝国の皇帝として重祚《ちょうそ》し、皇太子には彼の息子である李重俊《じゅうしゅん》が立てられる予定だ。今後の皇統は彼らの子孫が継承していくはずだし、皇弟の、しかもその嫡子でさえない隆基が皇位に就く可能性なんて、皆無と言っていいだろう。

そんな彼が、絶対的な権力をもって女皇として君臨していた太后以上の災厄を招くなど、できるはずもない。

「それもそうね。あんたみたいな下っ端皇族が、なにほどのこともできないわよね」

「悪かったな、下っ端で……」

一抹の不安を振り払って詠月が笑うと、隆基が表情を引きつらせながらも同意する。

「では伯母上、邸第までお送りしましょうか」

いつまでも相王府に隠れているわけにもいかない。

これから太平公主の屋敷で生活しなければならないと思うと気が重いことこの上ない。

もはや頼みの綱は、一緒に来てくれる柚鈴だけである。

「その呼び方やめて」

口の端を上げて手を差し出した隆基に、せめてもの抵抗として詠月は言う。外見上そう年齢が変わらないのに、伯母と呼ばれるのは嫌である。

「なんでだよ。どちらにしても、おまえが俺の伯母であることは事実じゃないか」

「それでも嫌なの」

「世の中には同じ年頃の甥《おい》がいるオバなんて、ごまんといると思うけどな」

「叔母ならともかく、甥と同じ年頃の伯母なんて、いるわけないでしょうが！」

誰のためにこのような目に遭っているのかと、怒気を込めながら詠月は一歩を踏み出した。

「心配しなくても、適当なところで、どうにかすればいいさ」

「だから、それが行き当たりばったりだって言ってるの！」

いつものように壺を覗《のぞ》いていたあの日、彼に手をつかまれ引きずり出されてからというもの、この成り行きまかせの性格に振りまわされてばかりだ。

「まあ、なんとかなるだろ」

相変わらず能天気な隆基の笑い声に、詠月は盛大なため息をこぼしたのだった。

神龍元年正月二十二日、宰相張柬之《ちょうかんし》をはじめとする朝臣《ちょうしん》が武則天《ぶそくてん》に退位を迫り、皇太子李顕の即位とともに李唐王朝は復活した。

しかし数年後、中宗《ちゅうそう》李顕の妻である韋后《いこう》が、娘である安楽公主《あんらくこうしゅ》とともに中宗を毒殺。韋后は年若い中宗の息子——李重茂《じゅうせい》を傀儡《かいらい》に立て、みずから皇位に就く道を探るものの、唐隆《とうりゅう》元年、臨淄王《りんしおう》李隆基及び鎮国《ちんこく》太平公主の挙げた兵によって誅《ちゅう》されることになる。それにより安国相王《あんこくしょうおう》李旦《たん》が睿宗《えいそう》として重祚《ちょうそ》し、長子を退け三男である李隆基を皇太子とする。

その後、統治をめぐって皇太子李隆基と太平公主が対立。睿宗の譲位とともに玄宗《げんそう》皇帝として即位した李隆基は、先天《せんてん》二年、兵を挙げて太平公主に死を賜る。

それにより、玄武門《げんぶもん》の変《へん》よりおよそ百年にわたる宗室混乱の時代は終わりを告げ、李唐帝国はその最盛期を迎えることになる。

世に言う「開元《かいげん》の治《ち》」のはじまりである——。

あとがき

今回は、はじめて歴史ファンタジーを書かせていただきました！

思い切り趣味に走り、私の一番好きな中国の唐代初期を舞台に、「壺中《こちゅう》の天」という思想をぶっこんだストーリーとなっています。

作中でも触れましたが、「壺中の天」というのは「壺のなかには俗世間とは違う別天地が広がっている」という中国に古くからある考えで、そこから転じて「酒を飲んで現世の憂さを忘れる楽しみ」という意味もあるそうです。

もともとは、魏晋《ぎしん》南北朝時代に編纂《へんさん》された『後漢書《ごかんじょ》』という書物に、方術を使う人物のひとりとして紹介されている費長房《ひちょうぼう》の逸話がもとになっているようです。後漢時代についてまとめたれっきとした歴史書に、方術について当然のことように書かれているのは、現代の感覚からすると、とても面白いですよね。

唐代も老荘《ろうそう》思想が非常に盛んだったようで、後の玄宗皇帝——李隆基《りりゅうき》が、相当のタオイスト（《道《タオ》》の哲学を実践する人）だったというのも事実らしく、そのあたりも作中のキャラクターに反映させていただきました。

歴史的にもこの時代は本当に激動で、中国の歴史上唯一の女性皇帝である武則天《ぶそくてん》（則天《そくてん》武后《ぶこう》）が即位し、彼女に退位を促した神龍《しんりゅう》革命から十年足らずの短い期間に、唐隆《とうりゅう》の変、先天《せんてん》の変と、怒濤《どとう》のように政変が続いていきます。

さらに言えば、唐が建国されてからの百年間は、二代皇帝の太宗《たいそう》も玄武門《げんぶもん》の変によって長兄から帝位をぶんどっていますし、当時の宗室のほとんどが武則天に対して挙兵し、ことごとく殺されているという状況で、いったい誰が最後まで生き残って権力を握るのかと息をつく間もありません。

そんな唐代初期の後半は、武則天だけでなく、太平公主《たいへいこうしゅ》や、韋后《いこう》、そして彼女たちに取り入り、ときに渡りあって権勢を誇った上官婉児《じょうかんえんじ》と、半世紀にわたって女性が歴史を動かしていった華やかな時期でもあります。

もろもろあわせて、まさに妄想をかき立てられる時代ではありませんか！

さて、そんな今作を執筆するにあたり、苦労したのはやはり資料でした。

もともとこの時代は好きだったので、イメージはそれなりに持っていました。しかし史実を交じえて書くにはきちんと歴史書を読まねばと思い、『後漢書』に加えて北宋《ほくそう》時代に司馬光《しばこう》によって編纂された『資治通鑑《しじつがん》』を図書館で借りてきたのです。

が、その『資治通鑑』、なんと書き下し文しかない！

どうやら膨大《ぼうだい》な『資治通鑑』の全文を現代語訳している書籍はないらしく、今作に必要な唐代初期のみを訳したものも、私は見つけられませんでした。

中国史専攻というわけでもなかったので、書き下し文なんて読むのは、たぶん大学受験のとき以来です。その本を開いたとたん、思わず「ひー!!」と叫びました。とはいえ、心置きなく執筆させていただくことができ、今となってはそんな苦労もよい思い出です（笑）。

自由に書いていいと言ってくださった、担当のH様。本当にありがとうございます。迷っているときにいつも欲しい言葉をくださって、毎回勇気づけられております。あわせて、この本の刊行に関わってくださったすべての方々に、心からお礼を申し上げます。なにより、ここまでおつきあいくださいました読者の皆さまに、ありったけの感謝を。

また次作でお会いできればうれしいです。

二〇一九年五月

貴嶋《きじま》 啓《けい》

参考文献

『則天武后　女性と権力』　外山軍治著（中公新書）
『續國譯漢文大成　經子史部　資治通鑑　第十一巻・第十二巻』（東洋文化協會）
『後漢書　第九冊　列伝七』　吉川忠夫訓注（岩波書店）
『列仙伝・神仙伝』　劉向・葛洪著　沢田瑞穂訳（平凡社）
『唐両京城坊攷　長安と洛陽』　徐松撰　愛宕元訳注（平凡社）

『女皇陛下の見た夢は　李唐帝国秘話』、いかがでしたか？
貴嶋啓《きじまけい》先生、イラストの宵《よい》マチ先生への、みなさまのお便りをお待ちしております。

貴嶋啓先生のファンレターのあて先
〒112-8001　東京都文京区音羽2-12-21　講談社　文芸第三出版部「貴嶋啓先生」係

宵マチ先生のファンレターのあて先
〒112-8001　東京都文京区音羽2-12-21　講談社　文芸第三出版部「宵マチ先生」係

N.D.C.913　190p　15cm

貴嶋 啓（きじま・けい）

講談社X文庫

友達から、抽選で当たらないと手に入らない希少なワインを譲ってもらいました。本当に美味《おい》しくて、今までワインの味なんてさっぱりだった私ですが、これを機に目覚めてしまいそうです。

貴嶋 啓の館：http://kijima-kei.jimdo.com/

white heart

女皇陛下《じょこうへいか》の見《み》た夢《ゆめ》は 李唐帝国秘話《りとうていこくひわ》

貴嶋《きじま》 啓《けい》

●

2019年7月3日　第1刷発行

定価はカバーに表示してあります。

発行者――渡瀬昌彦
発行所――株式会社 講談社
東京都文京区音羽2-12-21 〒112-8001
電話 編集 03-5395-3507
販売 03-5395-5817
業務 03-5395-3615
本文印刷―豊国印刷株式会社
製本――株式会社国宝社
カバー印刷―半七写真印刷工業株式会社
本文データ制作―講談社デジタル製作
デザイン―山口　馨

ISBN978-4-06-516249-1